當心！別被流星的尾巴將你捲向一個充滿魔幻、神秘的危險世界。

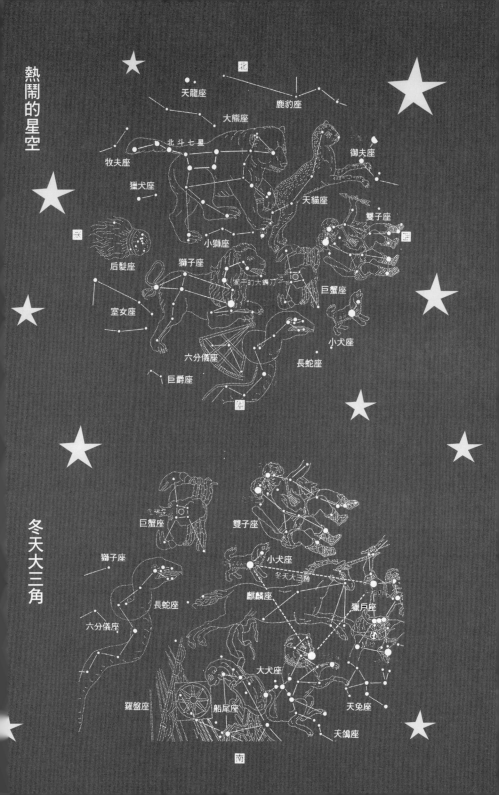

黑龍喬裝出家人

青竹絲小混混小青

大狗酷魯

花貓麗莎

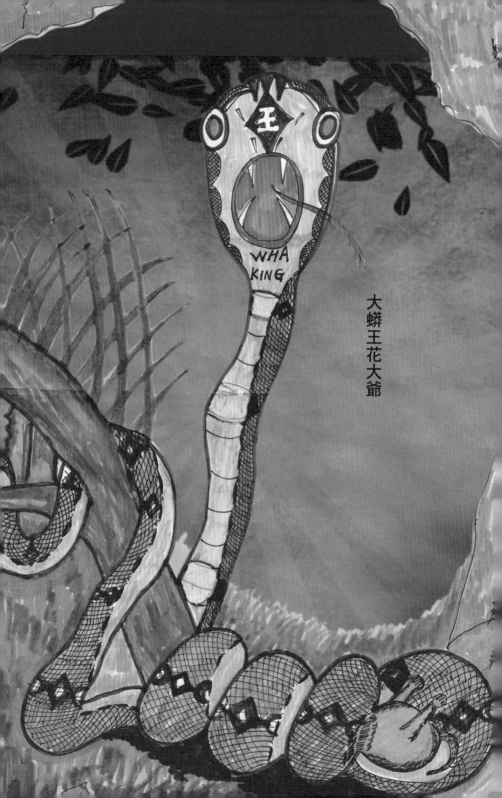

大蟒王花大爺

雲豹幫老大阿火

雲豹幫副幫主阿暴

大眼怪老大阿魯巴

花花公子阿里阿豆

大眼怪老二二野好

雙頭鼠黑白郎君

大眼怪老三佛朗明哥

大牛蛙火雲邪神

妖怪村的小恐龍及阿魯巴和花格格

阿魯巴未婚妻花格格

藍毛雪怪阿雞米德

金毛雪怪派大北

紅毛雪怪阿咪達

軒轅十四歷險記

青少年叢書 1

左雲◎著

博客思出版社

楔子

　　太魯閣派出所內警員武浪，一手拿電話一手擦著汗立正，一張臉像苦瓜不停點頭稱是，旁邊椅子坐著一位口嚼檳榔阿嬤，撐頭斜眼看著講電話的警員，心裡似在暗笑，不給你這兔崽子一點顏色，不知你祖嬤厲害。

　　阿嬤是名祭司，黥面的臉孔代表她見多識廣，在族中地位尊崇，無論織布、祭祀、接生祈福都由她一手包辦，包括眼前警員武浪也是她接生的，阿嬤夾著手指朝武浪比，武浪歪著頭夾著電話，拉開抽屜拿出一包菸給阿嬤，阿嬤拿出一支菸點上火，朝旁邊兩名打扮時髦年輕女生望去，阿嬤搖頭輕嘆吐出一口煙。

　　兩名女生……應該說一名女生，因為另外一名無論穿著和外型都像一名男生，只見兩人一會互咬耳根，一會兩腳翹高大笑，一會倒向對方懷裡滾著，留平頭者身體後仰，一手擦著眼淚，一手拍著旁邊長髮女生長統靴，長髮者推了平頭者一把，伸手把阿嬤桌上香菸拿去，抽出兩支上火甩甩長髮，「砰！」的一聲將菸盒往武浪桌上丟去，又仰頭大笑，好不容

易才停止。

「表哥，喂！武浪——」長髮者叫著，把另一支點著的菸遞給平頭朝武浪警員大叫。

武浪食指比在唇中，電話筒拿至離耳一尺，另一手捂臉揉著，像要將厚嘴唇搓平一點，阿嬤與話筒傳出的哭聲與罵聲呼應著，一會張嘴一會捂嘴。

好不容易武浪放下電話，癱軟坐下合掌朝向阿嬤：「阿嬤，我們會給妳害死，妳有什麼事直接跟我們講就好，妳幹嘛打電話到總統府辦公室，還跟他主任說……」武浪將頭抓得像磨砂紙的聲音沙沙沙響。

「對呀！以前你們小時不見了，我就和你老媽瓦娜到山下去找你，現在你們長大了，要你們幫我找孫子巴弟，你們當我在放屁，我就一九九九找英九，我跟他的主任講，如果不幫我把孫子找回來，下次別想我會叫整個部落投票給他。」

武浪往臉上重重抹去，聲音帶著哭腔：「阿嬤，妳不能跟他們說我們都在喝酒不幫妳找孫子啊！妳知道我從早上到現

在已被十幾個長官罵，剛才那通是所長打來的。」

「打來就打來，有什麼了不起，一個所長算老幾，他的官有比總統大？再囉唆就叫總統把他調走。」阿嬤瞪了武浪一眼：「連你一起調。」

武浪合掌：「阿嬤，妳好心點，剛才所長在電話裡又哭又罵，說被我們原住民害死了，到月底就要調走了。」

阿嬤扳著手指：「這麼快，再半個月。」

武浪身上像有跳蚤，不停抓這抓那像隻猴子：「妳孫子巴弟怎麼了，有十歲了吧？他不是住在台北好好的，跑來部落幹什麼，平地男人不可靠，我看太多了，最後吃虧的都是我們原住民。」

武浪指指旁邊兩人：「這兩個也是來找老公的，妳們有沒有嗑藥，敢亂來就抓起來關。」

「喂！武浪，我聽你在放屁——」長髮妹閉眼噘嘴將臉湊近武浪大聲說。

阿嬤抖著胸前大大一串琉璃珠，發出清脆聲響：「巴弟

來了一個禮拜住不習慣，結果帶著我家的貓、狗、猴子和一隻鸚鵡去流浪，很令我擔心呢，我女兒一再交待巴弟有自閉症要看好，萬一他走失了，我怎麼跟我女兒交待。」阿嬤乾嚎著，血盆大口裡有坨檳榔渣。

武浪從桌下摟出一個塑膠筒，阿嬤把檳榔渣吐掉，從懷裡又掏出一粒檳榔，武浪按著阿嬤手：「別擔心，我猜他可能搭火車去找媽媽了，我們會很快幫妳找回來的。」

「武浪，那就多派些人去找，怎麼派出所只有你一個人上班，其他人是不是跑去偷喝酒了？」阿嬤檳榔塞進口裡，歪著頭往派出所內探，講著一口怪腔怪調令人發笑的國語。

武浪往腦門重重一拍：「拜託別再說酒這個字，妳看我們被妳害得剩我接電話負責挨罵，其他人指揮陸客遊覽車，寧願被落石打到也不願待在派出所裡。」

武浪表妹馬蘭插腰站起大叫：「喂！武浪，我們來這麼久怎麼還不登記，是不是想吃案！」

「我會登記，不要叫！」武浪一手抓頭，一手在白板上寫

著：「亞夢、馬蘭老公走失。」

馬蘭唸著白板上的記事：「《一》頭號槍擊要犯黑龍——獵龍計劃《二》瓦歷阿嬤報案被雪怪性侵《三》山豬侵犯高麗菜園，獼猴拿果園水蜜桃打仗《四》大學生登山迷途，聯絡山青搜救《五》追緝假米酒製造工廠《六》林務局來公文，加強取締山老鼠《七》青竹絲血清不足，衛生所主任生氣開罵……」馬蘭手指戳戳武浪手臂：「字寫漂亮一點，不要看起來像狗在爬的啦！」

派出所外來了一位渾身包得密不透風像忍者又像外星人，停妥摩托車，派出所養的土狗花花對著來人狂吠，武浪問：「頭目，什麼事？」

來人掀起安全帽面罩：「武浪，虎頭蜂咬人了，趕快和我去抓。」

花花對著眼前怪物狂吠，眼睛露出恐懼，頭目假裝踢牠，花花咬住頭目褲管，頭目比著中國功夫，花花嘴角冒泡夾著尾巴，像發瘋般叫得更加激烈，頭目跪在地上學狗叫，叫

得比花花更大聲，花花邊叫邊退，退到派出所內，頭目乘勝追擊，攻進派出所，花花躲進沙發後面叫，聲音變調變成哀嚎。

武浪在白板寫著——自閉兒童巴弟走失，白板像暗藏了吸鐵，武浪額頭貼住白板，肩膀不規則抽動。

馬蘭對著武浪耳邊大叫：「是怎樣！禱告去教堂啦！搞不清楚！」

白板傳來「砰！砰！砰！」撞擊聲，土狗花花不再哀嚎，歪著頭看著武浪，一切都靜止下來。

黑森林大戰
蟒蛇王

　　自閉兒巴弟因為父母鬧離婚，將巴弟暫時寄放在外婆家居住的山地部落，巴弟思念母親，決定帶領四位夥伴伴他尋母，並且開創美麗前途。

　　四位夥伴分別是大狗酷魯、花貓麗莎、猴子阿勇及鸚鵡痞子。

　　巴弟帶著四個夥伴離家尋母，走了一個晚上夜路，找到一個山洞睡了一個舒服的覺，巴弟起床尿尿，看到大狗酷魯流著

口水打著呼，鸚鵡痞子睡在酷魯懷裡，整個頭濕漉漉的。

花貓麗莎四腳朝天，睡姿十分不雅。

「咦？阿勇怎麼不見了？是不是也起床尿尿？」巴弟走到洞外，對著大樹亂噴：「嘻，請你喝冬瓜茶補一補。」

巴弟抖了兩下拉起褲子：「阿勇——阿勇——奇怪怎麼不見人影？」

「我的頭怎麼濕濕的？死狗做水災了還睡！」巴弟聲音把痞子吵醒，痞子拉著酷魯耳朵。

「拜託，你的音調不能調低一點，一定要像火雞嗎？吵得我遲早得神經衰弱症。」

　　花貓麗莎摀著耳朵，突然發覺自己四腳朝天，睡姿十分不雅，趕緊坐直身子問：「死猴子阿勇呢？不知道有沒有趁我睡著吃我豆腐？」

　　「有點詭異的森林，痞子你飛到外面偵察一下，為什麼阿勇不見了？」巴弟邊說邊收拾睡袋、蚊帳。

「天啊，給你一說怪恐怖的，我不敢出去偵察了，萬一碰到巫婆把我變成石頭。」

「故事聽多了，沒有巫婆，快去。」巴弟下著命令。

「哎唷喂……怕怕……不怕不怕……」痞子拍著胸脯飛了出去，沒一會飛回說找不到人影。

山洞在森林裡陽光不易照到，天色很快又暗起來，巴弟拿出一截竹筒，塞進破布淋上汽油，點燃後將山洞照得非常明亮。

突然！麗莎發出一聲淒厲叫聲，迴音在洞中久久不散，嚇得痞子差點從巴弟肩上掉下來。

巴弟抖著聲：「幹……幹嘛鬼叫，差點被妳嚇死。」

麗莎摀著嘴，指向岩壁邊的一小撮白骨。

「糟糕，沒想到山洞這麼深裡面藏有怪獸，大家小心跟我進去，阿勇可能被……」巴弟迅速從背包抽出蕃刀，聲音緊張帶著難過的哽咽。

大夥朝洞內才前進幾公尺，突然數團黑物迎面撲來。

「唉唷我的媽啊——」麗莎牙齒打著冷顫，發出咔咔咔聲音，原來是洞內蝙蝠受到驚嚇飛了出來。

巴弟四人愈往內走，愈覺陰森恐怖，到處是一堆一堆白骨，而且腥臭味愈來愈濃。

就在一個轉彎處，巴弟看到兩粒柳丁大的綠光射來。

「停——」巴弟喊停將火把舉得更高。

四人同時後退，他們看到一條正朝著他們吐信的大蟒蛇。

大蟒蛇冷冷瞪著他們，傑——傑——傑——發出陰森可怕冷笑聲，而牠的身體捲了隻像豬又像鹿的動物。

巴弟壯著膽子舉起蕃刀：「我不管你什麼來歷，趕快把我兄弟交出來，今天若是沒有一個交待，我……」

　　「傑——傑——傑——怎麼樣？」盤著身軀的大蟒蛇，突然直直豎了起來。

　　大蟒蛇的頭頂到了洞頂，足足有好幾丈高，蛇身有巴弟腰圍粗，大蟒蛇一張口，射出兩道蛇液到巴弟腳前，地上濺起了塵土，麗莎「喵」的一聲躲到巴弟後面，痞子在巴弟肩上抖著只有大狗酷魯拱著背發出低吼警戒著。

　　「不要怕，毒蛇長不大，長大沒有毒。」巴弟倒退一步，叫大家挺住。

　　「你還沒回答我的問題，我們兄弟阿勇，你把牠怎麼樣了？」巴弟蕃刀指向大蟒。

　　「傑傑傑——你是指我肚子裡的猴子？還在肚裡動，明天將牠屍骨還給你。」大蟒蛇快速將肚子扭了幾圈，像扭呼拉圈，口中一支細骨頭像牙籤叼在嘴角，樣子十分邪惡。

　　大蟒蛇的肚子，果真有一團鼓起之物還在蠕動。

　　「酷魯等下朝他咽喉咬斷，我剖開牠的肚子，麗莎抓瞎牠的眼睛，痞子……」巴弟故意說著狠話，希望大蟒蛇聽了害怕將阿勇還給他們。

　　「我啄他腦袋。」痞子張開翅膀。

　　「傑傑傑——就憑你們幾個，正好當花大爺我這個月糧食，呸！」大蟒蛇把嘴裡牙籤呸了出來，扭扭身子，嘴角上揚帶著不肖。

　　「大家聽令，這傢伙傷天害理食人太多，又不知悔改非除不可，我最後再給你一次機會，將我們兄弟放出來，否則惹火了

酷魯兄弟，連老虎都怕牠，別說你區區一條小蛇……」

「咻——」大蟒蛇不等巴弟說完，動作快如閃電偷襲過來，一張嘴有臉盆那麼大，兩條蛇信嘶嘶吐來，帶著一股腥風。

巴弟一個縱跳往旁邊閃過，拿著蕃刀往蛇背砍去「鏘——」的一聲，竟然無法傷牠，大蟒蛇蛇尾一掃，將麗莎捲了起來。

酷魯一躍騎在大蟒身上，大蟒將麗莎往山壁一摔，麗莎昏了過去，大蟒迅速捲起酷魯，酷魯被大蟒攔腰一捲，渾身一軟使不出半點力量，情況非常危急。

巴弟大叫：「痞子快把麗莎叫醒，抓他眼睛。」

大蟒一口朝巴弟咬來，巴弟無處可逃，大蟒尖牙流著黏液，兩條蛇信已經舔到巴弟脖子。

巴弟牙根一咬，將身子往蛇口直直撲去，手上蕃刀在蛇口處突然豎直。

大蟒一口咬下，「咔擦——」一聲，蕃刀插進了大蟒上顎。

大蟒痛楚難忍身子一鬆，酷魯恢復了力氣，張開大口朝大蟒咽喉咬下。

麗莎被痞子連打幾個耳光醒了過來，見機不可失，躍上蛇頭準備抓瞎蛇眼。

大蟒不敢張眼，身子一伏跪地求饒：「別ㄠˇ，我還你們兄弟，請ㄠˊ命……」

大蟒被蕃刀插在嘴裡不敢閉合，講話含糊痛得眼淚直流。

「先把阿勇拖出來，如果我們兄弟死了，你就給牠償命，如果牠沒死就算你命大，酷魯不要鬆口，麗莎進去把阿勇拖出來。」巴弟下著命令。

「我？愛開玩笑，我進去不是送死？叫痞子去。」

「膽小鬼，我連饅頭都搬不動，怎麼拖阿勇？」

「求你們快一點，我ㄏㄨㄥˋ得受不了了。」大蟒哀求著，痛得眼角噴出兩行淚水。

「好！我進去，麗莎如果牠敢耍花樣，馬上抓瞎牠眼睛。」

巴弟看看酷魯。

「我知道，馬上咬斷他喉嚨。」酷魯不敢鬆口用眼神說話。

巴弟從口袋掏出一把鋒利的瑞士刀：「嘴給我老實張著，我若是看不到光線，馬上劃破你的肚皮，帶你的膽出來浸藥酒。」

巴弟橫咬著瑞士刀，避過蓄刀爬了進去，大蟒的肚子十分腥臭，巴弟噁心欲嘔強忍者往前爬去。

巴弟摸到一團毛茸茸東西，嚇得趕緊把手收回，但為了救阿勇，咬緊牙鼓起勇氣再度伸手摸去，巴弟發覺毛茸茸東西還是溫的，於是倒退著硬是把牠拉出來。

巴弟退到蛇口，痞子大叫：「是阿勇，是阿勇沒錯。」

巴弟發現阿勇身上並無外傷，只是全身沾了許多黏液，呈昏迷狀態。

「快噴阿！發什麼愣！」巴弟大聲叫著。

酷魯又開腿一陣強力尿柱噴得阿勇滿頭滿臉，阿勇慢慢張開眼睛，在地上掙扎了一會站了起來，走沒兩步又跟蹌跌倒。

巴弟往阿勇後腦勺用力捏去，阿勇回神一見大蟒蛇，嚇得躲在巴弟後面吱吱叫。

巴弟揚起手：「不要怕，牠被我們控制住不能作怪了。」

阿勇一聽，爬到大蟒頭上一陣拉扯，又摳鼻子又挖眼睛，

大蟒癢得渾身扭動。

　　大蟒最怕癢得打噴嚏，那把蕃刀插在上顎，若是忍不住打噴嚏，嘴一閉合一定嗚呼哀哉，所以邊禱告邊痛苦忍受阿勇凌遲。

　　巴弟心軟：「你能長到這麼大，少說也要幾十年，我並不想取你性命，可是我若取回刀子，難保你不報復，刀子若不取回，你又性命不保，你們大家說怎麼才好？」

　　「簡單！把牠綁結實再將蕃刀取走。」痞子插腰抖腳。

　　大蟒苦苦哀求：「各位英雄千萬不可，若是無人為我解ㄏㄠ、，必定難ㄏㄠˊ一死。」大蟒蛇痛得口水順著脖子流下。

　　「這樣吧，將繩子綁在刀柄，等我們出了洞口，用力將刀子拉回為你解套，你就忍耐一下吧！」

　　巴弟一行出了洞口，用力將蕃刀收回，趕緊加快腳步，離開恐怖黑森林。

　　巴弟五人經過這次大蟒蛇事件，五人感情更融和，也都更加成熟，倒是阿勇被嚇得好像得了自閉症，痞子建議帶阿勇到廟裡收驚。

　　五人一路疾行，彼此甚少說話，彷彿方才大蟒陰影仍在心裡未除，仍在回憶著與大蟒蛇搏鬥驚險情節。

　　天氣有點陰雨，看不見天上星星，他們頂著姑婆芋葉子，走在晨曦薄霧中。

　　由於他們出走尋母，怕被部落族人抓回，只好利用白天睡覺晚上走路。

　　巴弟帶著四個夥伴走了一個晚上，見東方漸露魚白，必須再找地方睡覺。

「啊，前方森林好像有座古廟，我們可以在那休息。」巴弟走近抬頭唸著：「七姑娘廟，好奇怪廟名，我們進去看看。」

　　巴弟推開廟門，看到神桌上供著七尊木彫女神像，每尊衣服顏色都不一樣，計有紅橙黃綠藍靛紫七色。

　　「還好這間古廟地處荒涼，沒什麼人來上香，今天睡在裡面可以安心，再也不必怕大蟒蛇了。」阿勇說。

　　「是不必怕什麼蛇了，不過……」

　　「不過什麼？」

　　「我總覺得有點陰森森的……」巴弟縮著脖子。

　　「挫賽，給你一講我寒毛都豎了起來。」麗莎搓著雙臂。

　　「我也忍不住想吹兩聲狗螺，呵……」

　　「你有看見什麼？」巴弟低聲。

　　「呵……什麼也沒看見，騙你們的啦。」酷魯雙掌摀嘴。

　　「白痴！」痞子往酷魯頭上巴了一巴掌。

軒轅十四大戰
長蛇王

　　巴弟打了一個哈欠，很快進入夢鄉，迷濛中巴弟分不清是醒是夢，突然發覺他正睡在一個富麗堂皇宮殿中並聽到講話聲。

　　「等下！好像有人闖了進來。」一個又尖又細嗓音由外傳來。

　　「我也聞到了人的味道。」

　　「好大膽子，正好！好久沒喝人血了，嘿嘿嘿！」

「這可是他們自動送上門，怪不了我們。」

「姐姐，妳們答應菩薩從此不再殺生，饒了他們吧。」

「妳別囉嗦，閃開！別擋在門口，讓我們進去。」

「不要！姐姐，好不容易修了千年，不要犯殺戒功虧一簣。」

「小妹，再擋路別怪我出手無情。」

巴弟聽得清清楚楚心中大驚，莫非在古廟中碰到了害人妖精，嚇得東張西望想找一個可以躲藏地方。

他發現偌大宮殿，只有神桌下可以躲藏，巴弟不容猶豫，一頭鑽到桌下。

「挫賽，別擠，我尾巴露在外面會被發現。」花貓麗莎拐子往巴弟撞去，把尾巴撈了進來。

「你們都在，怎麼辦？她們遲早會找到這，大家快想辦法。」巴弟摀者胸口。

「花Q，想什麼辦法，選你當班長有個屁用。」痞子一急就會飆發音不準的髒話。

「天啊，別罵了，被她們聽見就完了。」阿勇警告著。

「有了，大家放輕鬆別動，當做我們有隱身術，她們看不見我們。」巴弟閉眼在額前比著劍指。

「萬一他們看得見，那不是自己騙自己？我不敢冒這險。」痞子摀著臉，頭毛高高豎起。

「對啊……萬一她們看得見，那不是死路一條…….條……」麗莎牙齒顫抖著。

「那……那就觀想我們只有蚊子那麼小，她們就找不到我們了。」巴弟縮緊身子抱緊大腿，讓身子縮得像顆球。

「不用唸什麼咒語？」阿勇雙手合掌。

「只要有信心就可以，快！她們進來了，噓！不要講話努力

觀想。」

　　廟門呀呀被推開，巴弟捏鼻閉氣從神桌下八仙彩彩布間望出，巴弟倒抽一口氣，他看到紅衣姑娘雙眼如電，在房中尋找他們蹤跡，另一位綠衣姑娘已朝神桌方向走來。

　　巴弟心想完了，信心不夠加上心思紛亂，他的心臟怦怦跳動像打鼓，嚇得閉著眼告訴自己變啊！變啊！綠衣姑娘腳步聲越來越近。

　　巴弟聽腳步聲愈來愈清楚，巴弟甚至可以斷定她有雙纏過足的小腳，而且穿的是雙包著腳的小木屐，叩叩叩聲音格外令人害怕。

　　巴弟想起媽咪跟他說過，荒郊野外的古廟不可隨便亂闖，有些正神都離開了，剩下大都是狐仙鬼魅精怪，巴弟後悔沒有聽從媽咪的話。

　　巴弟發覺自己冷汗直流，衣服濕透貼背難過，忽然！巴弟覺得有人用力拍他一掌，巴弟張開眼卻嚇呆了，他看見眼前有隻像座山那麼大怪獸趴在眼前　，露出尖牙每顆有扇大門那麼大，伸出舌頭像遊樂園滑水道那麼長。

　　流出的口水有如洪水往巴弟身旁急沖而過，鼻孔噴出氣旋像颱風過境，巴弟抱著頭躲避迎面撲來飛砂走石。

　　巴弟突然被人一把拉進一個像是山洞般密室，四周有著舒適絨毛，雖然光線有點昏暗，但是巴弟卻高興的叫了出來。

　　「啊，你們都在，這兒是哪？酷魯呢？」巴弟熱情招呼著夥伴。

　　但是夥伴們卻表現得異常冷漠　彷彿與他並不相識，彼此關係就像是偶然聚在一個洞穴，又像是共乘一班捷運的乘客關係而已。

　　「痞子，嘿……」巴弟本想一掌向痞子肩膀拍去，但痞子回

了巴弟一個冷峻眼神，巴弟尷尬收回停在半空中的手。

「坐好了，飛啊！」一聲巨大的聲音傳來，巴弟像坐飛機般升空，一顆心像要掉出喉嚨，地上景物愈變愈小。

包括剛才那間七姑娘廟，只隱隱約約還聽到尖銳刺耳聲音在耳邊迴盪：「快攔住！別讓他們給跑了！」

巴弟慶幸著終於逃脫了險境，但自己要飛往何處卻一無所知，巴弟望了一眼旁邊夥伴，包括聒噪的麗莎、阿勇、痞子都像老僧入定般閉著眼睛。

巴弟心裡有許多疑惑，卻沒人能給他答案，包括酷魯到哪去了？為什麼痞子牠們全變了？他們欲往何去？

一陣劇烈搖晃，巴弟趕緊抓住了手臂般粗的毛線繩，巴弟感到自己整個身子突然飄浮起來，像是脫離了地心引力影響。

巴弟被一陣刺目紅光，照射得睜不開眼睛，突然！飛行物像是撞到了山一般，巴弟在一陣天搖地動滾落出了剛才密室。

巴弟感到四周烈火般灼熱，他發現他正被烈火包圍，妙得是他身上突然換上了一身盔甲，左手持盾，右手持矛。

巴弟的身體突然變得巨大無比，像剛才乘坐的怪獸一般巨大，而痞子、麗莎和阿勇也在一瞬間變得和自己一般巨大。

現在巴弟看清楚了，原來剛才怪獸是酷魯，但為什麼酷魯變得那麼巨大，大到可以躲進牠耳洞？巴弟猜想是否觀想成功變成蚊子大小才躲進酷魯耳洞的。

巴弟心中有許多疑惑不解，正待開口問酷魯，突然被酷魯一掌推開，巴弟跌坐在地，而剛才所站位置卻被一團烈焰罩住，熊熊烈火將地上撞出一個大洞，巴弟感激酷魯及時救了自己一命。

「軒轅元帥小心火球！」酷魯吼聲驚醒了巴弟，巴弟看著前方一片黑壓壓魔軍如潮水湧來。

　　巴弟往回望自己身後也佈滿著大軍，四名武將頭戴盔甲只露出一雙銳利眼睛，各領著一支軍隊。

　　他們分為左翼、右翼、前鋒及一支戴著飛行器的天兵，四名武將表情異常嚴肅，像是懷著必死決心。

　　巴弟戰車上掛著一面威武雄獅的帥旗，帥旗中間繡著「軒轅十四」，巴弟明白他飛越時空隧道回到他的前世。

　　原來他來自天上獅子座，是獅子王國排行十四的小王子，他的父王年紀老邁，想將王位傳給這位最聰明勇敢的小兒子，卻引起了其他兄長不悅。

　　為了兄弟間的和睦他不但拒絕了王位，並自願和一隻有如妖魔化身的噴火巨蛇西朵拉決戰。

　　原來獅子座王國是個偉大的國家，由許多諸侯及城邦組成了一個民主聯邦，尤其到了夜晚，更是星光燦爛明亮而美麗。

　　但是獅子座王國下方，卻住了個邪惡極權，武力強大長蛇座王國，他是天上八十八個星座中最長的一個星座。

　　表示他的國家領土非常狹長，共長一百零二度。

　　長蛇座頭部從南方巨蟹星座一直到尾部天秤座，由無數顆星星組成，可謂戰將如雲、兵力雄厚，兩國為了邊界時常紛爭不斷。

　　長蛇王殘暴好戰，好幾次入侵都被獅子王擊退，但這次長蛇王因為獅子王老邁，而準備一舉併吞獅子王國，所以為了這場戰役傾巢而出。

　　軒轅十四的好友，大犬座的天狼星、天貓座的天貓星、小犬座的南河三及天鵝座的天津四各率一萬兵馬趕來支援。（見冬天大三角及熱鬧的星空圖）

　　軒轅十四果決下達命令：「天犬將軍擔任後衛，天貓將軍擔任左翼，天猴將軍擔任右翼，天鷹將軍由空中攻擊，本帥擔

任前鋒親自領軍作戰。」

「元帥！萬萬不可，還是由本將擔任前鋒，元帥擔任後衛督戰才是上策。」

「天犬將軍好意本帥心領，為了激發我軍士氣，我已存著必死決心，如此我的兄長才會團結一致，共同與長蛇王決一死戰，否則為了各自利益，遲早會被邪惡的長蛇王各個擊破。

為了國家光榮使命，為了自由以及為了人民，就算萬一本帥不幸陣亡，能夠喚醒大家共同意志，仍然是值得的，本帥心意已決請勿再勸。」

軒轅十四揚起長矛振臂疾呼：「勇敢的戰士們，今天是個光榮的日子，我們以一當百、以寡擊眾，讓我們痛擊他們，讓侵略者有來無回，請各位拿出必死決心，徹底擊潰他們——」

「擊潰他們——」獅子王國戰士，士氣高昂喊聲震天。

長蛇王軍隊在戰鼓前導下，如潮水般向前挺進，整個大草原像螞蟻般密密麻麻。

「沈著氣——等他們靠近——」軒轅元帥持望遠鏡觀望著。

「滾石、滾木預備——」軒轅元帥揚起長矛大聲下令。

「滾石好——」指揮官揚起紅旗。

「滾木好——」指揮官揚起黃旗。

「弓箭手預備——」軒轅元帥戰馬雙腳騰空激烈嘶鳴。

「弓箭手好——」指揮官揚起黑旗高喊

獅子國的戰士屏器凝神等著攻擊令的下達。

軒轅元帥持望遠鏡望去，只見長蛇軍團軍容壯大，共有一零二位將領，坐在巨型蜘蛛上，各領一萬兵馬，整個草原佈滿魔兵。

魔兵將領的坐騎黑蜘蛛像棟房子般巨大，八隻腳上綁著

鋒利鋼刀，像電扇般旋轉，所有被掃到的兵馬，像稻草般噴出去，更厲害的是黑蜘蛛口裡噴出的巨網毒絲由高罩下，網住敵軍兵馬無法動彈，再任由魔兵斬殺。

軒轅元帥心想，自己只有五萬兵馬，就算加上十三位兄長各一萬兵馬，也總共只有十八萬兵馬，可說兵力懸殊，更何況巨型蜘蛛在前打先鋒，這場戰爭幾乎沒有勝算。

「糟糕，他們不上當，停止前進了。」天犬將軍放下望遠鏡。

「那就是表示他們知道怕，我們以逸待勞。」

「天貓將軍別忘了，他們兵力多出我們數倍，若是虛耗對峙對我軍不利，軍心容易動搖。」軒轅元帥搖頭。

「有什麼妙計？我們採取襲擊？」軒轅元帥的生死至交，特地由小犬星座趕來支援的天猴將軍南河三說。

「不錯！兵貴神速，他們兵多將廣，按照作戰計畫軍令容易貫徹。」軒轅元帥長矛指向前方。

「末將明白，所以該用聲東擊西戰術讓他們造成混亂。」

「天鷹將軍所言極是，請天鷹部隊從空中引燃大火，造成長蛇魔軍混亂，再派一支騎兵往前衝去，假裝敗走引他們追來。

此時魔兵們為了搶戰功就會不顧一切追來，正好引導他們掉進我們設下的陷阱，我們滾石和滾木就派上用場了。」

「在亂軍中殺他們一個措手不及。」天猴將軍南河三揚起閃著寒光的雙劍。

「我們若將長蛇王殺死，魔軍軍心就會散瘓，在群龍無首下，長蛇王百萬魔軍將領，就會了為了保留實力而不團結。

我們就可像下圍棋一樣，將他們一圈圈從外圍慢慢將他們消滅掉。」軒轅元帥眼中射出逼人寒光。

「沒錯！亂軍中踩都會把他們自己踩死」天貓將軍揚起長劍。

「元帥，我們什麼時候進攻？」

「稍安勿躁，等他們把營紮好，我們才有東西好燒，油料已經準備妥當？」軒轅元帥問天鷹將軍。

「元帥，早準備好了，就等您下令！」

「好！第一波從空中撒油，第二波火箭手出擊，第三波騎兵進攻，注意信號旗，千方不可戀戰，作戰是一門藝術，要確實按照計畫執行，不可貪功破壞既定計畫。」

「是！元帥。」

「我們的M型防禦只能抵擋兩波攻擊，當兩波滾石滾木滾下，就變成全面肉搏，這對兵力懸殊的我們相當不利。

若是王城被攻破就會造成大屠殺，所以各位將軍一定要死守防線，不到最後關頭絕不輕言犧牲。」

「是！元帥，我們跟您同生死共存亡。」四位將軍同宣誓言。

軒轅元帥持著望遠鏡再度往敵軍望去，看到敵軍搭起了無數個帳棚，正在埋鍋造飯，這是一個絕佳攻擊機會，軒轅元帥見機不可失下達作戰命令。

「天鷹軍團－－進攻－－」軒轅元帥下達攻擊令。

「是，元帥！ 進攻－－」

天鷹軍團背著飛行器飛了起來，頓時天空像黑了半邊天，軍團很快的飛臨到敵軍上空，天鷹軍團將油料由空中撒下。

接著火箭隊將箭射出，敵營中果然起了熊熊烈火，帳棚很快被燒個精光，身上被淋到油的魔軍身上著火在地上哀嚎打滾。

就在一片救火聲中，獅子國騎兵殺聲傳來，在短暫接觸後

獅子國騎兵假裝敗退，果然長蛇王軍隊追了上來，殺聲震天到了山腳下。

預藏的滾石及滾木紛紛滾下，長蛇王魔軍倒下一片，這令觀戰的長蛇王非常生氣，長蛇王來到山下，揚起吐著烈火的頭，巨大站起高過山岡。

一陣烈焰噴來，獅子國的軍隊也傷亡慘重，當然這也令長蛇王元氣大傷，軒轅元帥趁他元氣耗損中，持著長矛與他作戰。

戰爭全面展開，左翼天貓軍團和右翼天猴軍團，及後衛天犬軍團與魔軍展開全面廝殺。

魔軍黑蜘蛛橫衝直撞無人能擋，軒轅元帥軍團被衝散，其實這也是軒轅元帥的用兵謀略，避免與黑蜘蛛正面交戰。

空中天鷹軍團是軒轅元帥出奇制勝之伏兵，箭頭淋上油料後，火箭如雨射向魔軍將領及巨型蜘蛛，魔軍將領及黑蜘蛛紛紛中箭，巨型蜘蛛一死，魔軍陣腳大亂。

軒轅元帥軍團全力反攻，魔軍被困互相推擠踐踏，死傷慘重。

軒轅元帥與長蛇王兩人廝殺得難解難分，兩軍對陣雙方軍士紛紛倒下，這場戰雙方不知不覺已經戰了七天七夜。

長蛇王被軒轅刺中兩處鮮血直流，不幸軒轅也被長蛇王烈焰所傷，就在軒轅被長蛇王捲起即將一口咬下之際，天猴軍團南河三將軍趕來搭救。

「大膽畜生膽敢傷人性命，看劍。」南河三手持雙劍砍殺過來，軒轅的其他兄長們看到最小弟弟，冒著生命危險與長蛇王勇敢決戰，不禁紛紛感到慚愧。

於是一一率領軍隊投入戰場，獅子國士氣大振，長蛇王魔軍節節敗退，長蛇王終於倒下，不幸的是小王子軒轅十四也戰

死了。

戰爭結束後，獅子國為小王子舉行喪禮，老國王傷心輕撫小王子手腕說：「雖是短暫離別仍是如此令我傷心啊，到了人間別忘了，你是獅子座王國的小王子。

當你在人間玩夠了，別忘記回來的路，你手腕上的標記，是我特地為你留下的，別忘了你叫軒轅十四，是獅子座最明亮的一顆星呵！」

「起床！誰規定晚上才能走的，又不是做賊，起床——統統起床——」痞子起床大叫。

「不是睡沒多久，父王呢？」巴弟揉著眼。

「管你什麼父王，要走就白天走，我又不是貓頭鷹。」

巴弟望向神桌的七尊女神像。「啊？原來我們還在廟裡，那麼……那麼剛才是一場夢？」

「挫賽，不好好睡覺，就聽你衝啊！殺啊！好不容易安靜下來又要走了。」麗莎一手撐地，歪著頭還打著瞌睡。

「走啦，死狗！蚊子叮得我滿頭包，」痞子往巴弟手臂指去：「哇咧！巴弟也被叮得滿手都是紅豆冰。」

巴弟摸摸手腕一顆顆數去，心中暗自一驚，巴弟回憶剛才如真似幻的夢境，喃喃道：「十四顆……真的有十四顆……」

巴弟看看神桌上紅衣女神，不由打了一個寒顫說：「趕快收拾妥當離開，這裡陰森森的可怕。」

建立遊樂園基地

　　「上車。」酷魯打著哈欠，麗莎和阿勇分別跳上酷魯背上的左右背包，痞子站在巴弟肩上。

　　巴弟摸摸肚子，看看太陽再看看地上影子：「中午了，肚子餓了，想辦法弄點吃的吧！」

　　「不必，我聞到了水蜜桃香味，讓我去摘一些來吃。」

　　「不好吧，那是人家種的。」巴弟搖頭。

　　「奇怪的想法，人種和野生當然差別在人種的比較大和

甜，所以當然選擇人種的吃啊。天啊！你不會笨得連這麼簡單的道理都分不清吧？」阿勇插腰看著巴弟。

「挫賽，他才讀過幾本書，哪懂那麼多道理。」花貓麗莎搖頭。

「我敢打賭九九乘法他都不會背，呵——呵——呵——呵——」痞子倒掛在巴弟手杖上盪著。

「你們覺得有道理，那就摘一些邊走邊吃。」巴弟聳肩。

巴弟們順著彎彎曲曲山路，勇敢向前走去，沿路雖見不到一棟棟高樓及蜘蛛網狀公路，但由高山架設的電塔，順著電纜往下，看到了數棟白牆紅瓦建築物。

沿著溪谷而建的溫泉會館冒著霧狀蒸氣，巴弟隱約可見山下移動人影及聽聞雞犬聲音，這裡海拔屬於草原區。

遠離了鐵杉及雲杉的原始森林，巴弟雙腳踩在地上厚厚松針，像踩在地毯般柔軟舒爽。

涼風徐徐吹送，一片青松隨風起伏，溫柔地像媽咪的裙襬，松香伴著芬多精讓人神清氣爽，不知名的野花滿山怒放。

「咦？有水聲。」麗莎側著耳朵說。

「是瀑布的聲音。」阿勇確定說。

「怎麼樣？在這落腳吧，一來離水源近，二來地處隱密不容易被人發現，並且下山採購方便， 你們覺得這環境如何？」

「將就一點吧，坐車坐得累死了。」痞子揉著屁股。

「挫賽，你在巴弟肩上，一步也沒走累個屁。」花貓麗莎說。

「妳懂什麼，我聽大頭目說過，他說其實開車的不累，坐車的才累，巴弟我說的對不對？」

巴弟沒有理他，四顧觀察周遭環境，幾株高大楓樹及相思木夾道林中，金狗毛是止血良藥，枯葉是生火材料。

　　滿山遍野菅芒是屋頂素材，青翠竹子可蓋房子還有竹筍可挖，山蘇及蕨類嫩芽及山茼蒿、黑籽子菜，都是現成野菜，在這生活應該不錯。

　　而且外婆醃的山豬肉夠鹹，切個幾片打打牙祭倒也簡單。

　　此處地勢居高臨下，山腳下教堂十字架矗立在那依稀可辨，且空氣涼爽不潮濕，難怪有人蓋別墅和溫泉會館，這裡的確是個好地方。

　　「呵……有現成的登山步道，咱們順著走找那瀑布。」

　　「傻大個終於講話了，我還以為你啞了。」猴子阿勇說。

　　「天犬……」巴弟看著酷魯傻樣子搖搖頭說：「沒事。」

　　巴弟心想自己一定是受大蟒蛇影響，才會做了和長蛇王作戰的夢，巴弟抓著手臂上被蚊子叮的十四個包。

　　「明明聽到瀑布聲音，怎麼會找了半天找不到？而且步道到此也沒了，前面是斷崖根本無路可行，咱們再往回找。」麗杰融好莎轉身。

　　「天啊，會不會鬼打牆？我聽大頭目說山區裡面很多山精鬼怪，設立魔障勾人魂魄，媽呀……巴弟是真的嗎？」阿勇說。

　　「我不知道，你問酷魯有沒碰過？」

　　「唉唷……好可怕唷……」酷魯雙手握拳遮住下巴。

　　痞子往酷魯腦袋捶了一拳：「問你有沒看過鬼，誰要你裝可愛，死變態！」

　　「啊……什麼是鬼？」酷魯一手插腰，一手搭在巴弟肩膀抖著腳問。

　　「挫賽！什麼是鬼都不知道，那麼晚上吹狗螺是吹心酸的！」

　　「對啊，好端端的吹得讓人頭皮發麻。」巴弟搓著雙臂。

　　「呵……好端端是你講的，其實我們是想起了父母或孩

子，我們藉由呼喚發洩心中思念。

可是人類就傳說我們有陰陽眼，看見了鬼吏拿著鐵鍊來勾人魂魄，呵……」酷魯往巴弟屁股拍下，雙手捂嘴：「笑死我了。」

「別一直扯這些好嗎？為什麼會找不到瀑布？一定有原因，痞子本事大，用飛的去找找看。」

「耶——色——副班長。」痞子向花貓行了一個軍禮離開。

過沒一會痞子高興說：「發現了，發現了！就在斷崖下面。」痞子指著腳下。

巴弟連忙彎下腰看：「沒啊！倒是看到了一個水塘，啊！我明白了，這個崖壁是凹進去的，所以我們站在上面看不到。」

「快找找看有沒有路下去？走啊！死大個。」麗莎踢了酷魯一腳。

「咦？這裡有個山洞，上面有字被綠苔遮住了，我拿石片把綠苔刮除。」巴弟在地上撿了塊石片。

綠苔刮除現出『中央礦場』四個字，巴弟識字不多說：「要到下面水塘要從中央『廣』場這個山洞進去，然後順著崖壁上的老藤爬下去，這麼隱密難怪沒人發現這個瀑布。」

巴弟推著阿勇：「走！進山洞。」

「你先走我墊後，那麼黑的山洞，我可不想再碰到大蟒蛇。」阿勇鑽到巴弟後面。

「麗莎把火把點起來，酷魯我們進去探路。」

巴弟抽出蕃刀和酷魯往前走，巴弟拿火把將山洞口蜘蛛網撥開，正待進洞。

突然一隻巴掌大黑蜘蛛衝來橫在巴弟面前，兇狠狠罵著：「你們是土匪啊！沒有教養的傢伙，好端端燒我房子什麼意

思?」

「糟糕，不知道你住這，對不起！對不起！」巴弟道歉。

「什麼我住這，我老婆孩子一共上百個，房子給你們拆了，你要我們住哪？」黑蜘蛛激動的揮著七、八隻手。

巴弟看到蜘蛛網角落，上百隻大大小小蜘蛛哭成一團，心中一陣不忍。

「誰叫你們在山洞口蓋房子，我們要進出當然會破壞到，叫什麼叫，活該啦！」痞子伸舌「嚕嚕嚕嚕——」做鬼臉。

巴弟瞪了痞子一眼：「話怎麼能這麼講，畢竟牠們先來的，何況以後大家都是鄰居，」

巴弟話沒說完，母蜘蛛突然發飆，三兩下奔到巴弟面前破口大罵：「老娘跟你們拼了——」接著端出一盆東西往巴弟頭上潑去。

「阿珠別這樣，有話慢慢講……」公蜘蛛一把抱住老婆，已經來不及了。

「還好吧？你……」公蜘蛛放開母蜘蛛，馬上又來到巴弟面前，顯然公蜘蛛是個有分寸的人，牠並不想把事情鬧大。

倒是痞子眼尖叫道：「惡婆娘，妳潑尿。」

「潑尿，老娘還要潑糞。」母蜘蛛轉身又端起一盆東西奔來。

「別這樣，有話好說，阿珠——」公蜘蛛大力攔下母蜘蛛手上的一盆糞。

母蜘蛛不從，大力掙扎。

「啪——」一聲清脆耳光聲，公蜘蛛揚著發抖的手。

「你……你打我……嗚……」阿珠捂臉放聲痛哭，一盆糞掉了下去。

「天啊！死惡婆娘妳潑到我了啦！」痞子捂著頭在地上大

叫。

「阿珠……對不起……我……」公蜘蛛一把摟緊阿珠。

「唉……無心之過，造成人家家園破碎真是罪過。」巴弟摘下頭上小帽把尿甩掉。

「花Q，難不成叫咱們蓋個蜘蛛網賠牠們？咱們又不會吐絲，真倒楣，我又沒惹她幹嘛潑我一頭，衰啊！」痞子氣得在地上蹦蹦跳。

「對不起！夫人，錯誤既已造成，想辦法怎麼彌補比較重要，我能夠充份瞭解夫人的心情，千錯萬錯都是我們錯。

這樣吧！我們幾個要到水塘邊住，我們會搭一間竹屋，依我的意思，妳們就先委曲和我們一起住，有空再在我們樓頂織網，把家安頓下來，夫人妳覺得如何？」

阿珠捂著臉抽搐：「其實我也不是個愛計較的人，只是沒了網，不但住成問題連吃也成了問題啊！咱們大人餓個幾頓不成問題，可……可我孩子還小啊……嗚……」

巴弟看到角落有上百隻小蜘蛛，以無辜眼神向巴弟們望來，巴弟跟牠們揮手，小蜘蛛們也統統揮手，巴弟揉眼：「哇——千手觀音。」

「夫人，這點我也明白，所以我保證住沒問題，吃更沒問題。

如果孩子不挑剔，我們有泡麵、魚罐頭、蘿蔔乾、地瓜、山豬肉，絕對讓大家每餐吃到飽，我以人格保證，絕對說到做到。」

「也只有這樣了，幸好火把沒燒死人，也算是不幸中之大幸，你們請過吧。」公蜘蛛抱著阿珠往上爬了幾步。

巴弟帶著大夥向蜘蛛行了一個紳士禮，繼續向內走，洞穴內一片漆黑沒發現大蟒蛇，倒是右側出現了兩個大山洞，不知

通往何處？

原來日據時代，中央山脈蘊藏豐富的雲母、石英、金、銅等礦石，但因分佈廣不集中，漸漸失去開採價值。

而此處曾是「中央礦場」的一個開採口，地理景觀經過多次大地震而改變，變成隱密而人煙罕至，幸好經過山洞從斷崖樹藤攀下只有數公尺高，所以下到水塘倒也不難。

這裡地質大都由尖銳礫石組成，山區多雨水故水量豐沛易形成瀑布，若說這叫瀑布實在有點牽強，它是由兩塊巨大乳白色大理石石縫奔流而出。

泉水形成一個小水塘，大約是一間教室大，但這對巴弟他們卻足夠大了，這是他們發現的新天地，而且是負離子量十分充沛的優質瀑布。

「讚啦！以後咱們就決定在此生活，首先咱們來分頭找材料搭一間竹屋，把住的問題先安頓好。

這樣吧，趁時間還早，我砍竹子酷魯搬，阿勇和麗莎砍芒草做屋頂，痞子……」巴弟思考安排什麼工作給痞子好。

「挫賽，別指望牠，牠只會出一張嘴，連個饅頭都抱不動，真沒用，還被阿珠潑了一身糞，衰啊！」麗莎幸災樂禍。

「有用、有用，大家都有用，痞子先去洗澡，然後負責偵察附近有些什麼野菜或是水果。」

大家為尋到一個理想營地而高興，所以為自己搭建一個家，都顯得特別賣力，大家分工合作，很快的已收集好建材。

巴弟、酷魯、阿勇、麗莎各在四個角落，挖了一個三尺深的深洞，並且各埋下一根粗竹，然後橫向互相固定牽制，接著圍牆壁、搭屋頂，整整花了一天時間才蓋好。

巴弟利用崖壁垂下的一根老藤，綁上一截枯木當做鞦韆，鞦韆可以盪到瀑布旁，瀑布旁有一根更高的老藤，可以盪到水

塘上方往下跳。

水塘由淺而深,最深處有兩公尺,水塘清徹見底,更妙的是有許多魚蝦,巴掌大的魚兒成群游著。

淺處有根傾倒枯木,伸向深處並在水面高高翹起,崖壁上佈滿著芒草、箭竹及爬藤,崖壁呈一個ㄇ形太師椅,溢滿之水流向小渠,又流向一片廣大濃密未開發的森林。

「要命,這水這麼冰寒,中午水溫還可接受,早晚誰敢下去。」阿勇摸著水塘的水。

「沒關係,反正山裡枯木多的是,咱們看到就撿回來堆存起來,我來做個公共浴室,咱們可以邊烤巴比Q邊泡湯,邊可以看天上星星說故事。」巴弟翹起二郎腿抖著。

「挫賽,又沒溫泉泡什麼湯?冷死人了我才不幹。」

「那還不簡單,咱們在淺處堆一圈石頭,圍成一個泡澡池,然後到公路撿一個空鐵桶回來,裡面燒柴火,這泡澡池的水要多燙都可以。

若是太燙,搬開兩塊石頭放些水進來就解決了,你們喜歡燙水就靠鐵桶近點,怕燙就離鐵桶遠點。

而且還可以煮竹筒飯,咱們泡在水裡,吃晚餐、烤山豬肉、烤魚蝦。」巴弟腿愈抖愈快像打擺子。

「有了!剛才我在路邊看到一個大空油桶,咱們去把它滾下來。」阿勇高舉雙手。

空油桶被合力滾下水塘,巴弟很快生好火,鐵桶周圍水慢慢熱了起來,巴弟他們泡在熱水裡吃竹筒飯,烤著醃山豬肉。

麗莎舔著舌看著成群魚兒猛吞口水,於是拿鐵絲彎成魚鉤,魚鉤上鈎了一粒飯綁在尾巴上釣魚。

「挫賽,魚精得很,釣了半天沒釣到半條。」麗莎撈起垂在水中的尾巴,滿臉失望。

「巴弟有沒有毒丸？」痞子伸手。

「幹嘛？」

「毒魚啊，丟兩顆下去就統統浮起來了。」痞子彎曲著食指。

「白痴！那水還能喝嗎？」阿勇作勢打人。

「我來想個辦法。」巴弟腦袋亮了一下，起身進竹屋，過了一下出來，手裡多了一張網。

「你有破壞狂啊！好好的蚊帳，被你剪了一個桌面大的洞。」痞子大罵。

巴弟沒搭腔，拿細竹框成一張魚網，放了幾片山豬肉及一粒石頭在網中沈入水底，這些魚沒見過人也沒見過陷阱，毫無警覺的鑽進魚網中覓食。

「嘻，來了、來了！別講話，慢慢撈上來，別把牠們嚇跑了，慢慢拉……慢慢拉……」

魚網拉了上來。

「耶！十幾條，3Q！3Q，好久沒吃魚了，巴弟有一套。」麗莎高興拍手，巴弟插腰抖腳，連肩也抖了起來。

「我拿竹子往魚嘴穿過，要吃的人自己烤，上面撒點鹽，原味的才好吃。」巴弟說。

「對，還可以烤個石頭放到碗裡，加點味噌煮魚湯。」麗莎一高興，兩隻眼睛成了鬥雞眼。

「呵……那是高級懷石料理，熱呼呼的真好。」酷魯露出幸福表情。

「嘿，儘量吃，明天咱們沿著公路再撿些空可樂瓶。」巴弟拿樹枝撥弄一下鐵桶中的火。

「不會吧，跑來拾荒撿破爛？」痞子放下魚肉吮著手指。

「不是拾荒，是撿空瓶子抓蝦子。」

「怎麼抓？」麗莎仰著頭，將魚頭吸得嘖嘖響。

「空瓶子裡放點鹹豬肉，蝦子聞到腥味就會進去吃，嘿，蝦子懂進不懂退，所以很容易就抓到了。」巴弟將手上的魚翻個面，撒點鹽巴上去。

「那得多撿一些，捕獲量才會大，對不對？」痞子像吹口琴在魚肉上啄著。

「話是沒錯，但我們不要貪心，夠吃就好，小魚小蝦放回水裡不要濫捕，還要開墾一點地來種地瓜。」巴弟在桶裡加些樹枝。

「我不吃地瓜，吃多了屁放不停。」麗莎吐著魚刺。

「我們要為以後打算，否則坐吃山空，我們白米剩下不多，一定要趕快生產，不能整天吃魚蝦，地瓜吃多脹氣會想放屁，但地瓜卻是活命的寶。

地瓜葉含有豐富的葉綠素及纖維質，炒菜時拍幾粒大蒜，唉……」顯然巴弟擔心著糧食。

「瞧巴弟憂國憂民充滿才情，不但像個媽媽還像個詩人咧！嘿，大家瞧阿勇，吃飽撐了，削那麼多尖竹子？」痞子仰著頭，對手上的魚吹著氣。

「我要編一件戰袍，睡覺時穿在身上就不怕大蟒蛇，你們看合不合身？」阿勇把戰袍穿上。

「挫賽，像隻刺蝟一樣，有夠醜。」麗莎打著飽嗝摸著肚子：「好飽，一吃飽就想睡，好幸福啊！」

巴弟拿了塑膠布把蚊帳缺口補回去，摸著西瓜肚：「累了一天，總算可以痛快睡個好覺了，大家睡覺不准講話。」

睡覺時阿勇堅持睡中間，巴弟和酷魯睡兩邊，保護著麗莎、痞子和阿勇。

4

大戰山豬幫

　　天光一亮，巴弟早起帶大家到附近熟悉環境，並看看有什麼奇珍異果可摘。

　　「嘿，有一棵桑樹，巴弟——死巴弟——」痞子叫著。

　　「拜託小聲一點好不好，叫聲像火雞一樣，紅的不要摘，摘黑色的才甜。」巴弟爬到桑樹上。

　　「挫賽，酷魯愣在那幹嘛？鍋子拿來裝。」麗莎揮手，叫著雙手捧著鍋子傻笑的酷魯。

「巴弟——死巴弟——」痞子又在大叫。

「是怎樣？老是鬼叫。」巴弟鼻孔張得好大，一張一合。

「好多楊桃，快過來摘。」

「我摘桑葚，叫阿勇。」

「死猴子說樹太高，牠有懼高症。」

「怪胎，沒見過有懼高症的猴子。」麗莎瞪了阿勇一眼。

「妳厲害不會自己摘，光出一張嘴。」阿勇不服氣。

「你以為老娘不會？告訴你，爬樹找小鳥蛋，老娘樣樣行……」麗莎抱著樹幹吃力爬著卻滑了下來，麗莎像踩獨輪車，兩隻腳唉呀呀呀蹬了半天，離地一尺吊在那喘著。

「別吵、別吵！我來。」巴弟下了桑樹又爬上楊桃樹：「哇！結了滿滿的一樹，過癮啊！」巴弟高興得嘴巴咧到耳邊。

「快丟下來，我用鍋子接。」酷魯捧著鍋子踮著腳。

「天啊，」阿勇手上拿著咬了一口的楊桃，臉上擠得像是打了十八個摺的包子。

「怎麼了？看牠那表情那麼痛苦。」巴弟坐在樹上看著阿勇。

「夠了，夠了！酸……酸死人了，哎唷……天啊……」阿勇全身抖了一下，巴弟皺著眉在樹上也抖了一下，差點摔下樹。

巴弟爬下樹回到小屋，把楊桃切成片，拿出一個小鍋子，倒些醬油拍了幾粒蒜瓣醃著。

醃過的楊桃酸酸鹹鹹，吃起來刺激過癮，一片接著一片往肚裡吞，每人鼻頭冒汗帶著含淚的微笑，痞子個子小，肚子最先起變化，抱著肚子往草叢鑽。

「怎麼啦？抱著肚子？唷……我也……」巴弟雙腿外八像練

帝王功，三步併做兩步往草叢跑。

「真要挫……挫賽了。」麗莎抱著屁股，像陣風鑽進草叢。

「嘿，楊桃好吃是好吃，不過太寒了，腸胃受不了。」阿勇苦著臉蹲著。

痞子擦好屁股，走沒幾步又快步跑回，吐著舌頭：「飆個不停，屁眼火辣辣像抹了辣椒。」

酷魯身旁雜草，像刮颱風般被噴得東倒西歪。

巴弟五人躺回竹屋，虛弱呻吟著，今天似乎不太順利，巴弟有種不祥預感。

「地震——地震——」巴弟被一陣劇烈搖晃驚醒，整座竹屋幾乎快被撕裂，儘管如此巴弟們沒人想動，他們拉稀拉得虛脫無力癱在床上。

竹屋在一陣劇烈搖晃後，緊接著是一陣尖銳咆哮與嘶吼，像是西部片中紅蕃進攻驛馬車，箭斧齊飛割喉的恐怖情節，令人心驚膽跳，巴弟五人衝出竹屋。

竹屋外有一大群山豬正在衝撞竹屋，竹屋受不了重力衝撞，已呈傾斜扭曲眼見就快倒塌。

為首者是隻獨眼母山豬，豬哥獠牙長約一尺泛著寒光，一看就知是個狠角色，其他幾隻是牠孩子。

巴弟判斷牠們年紀不大，因為豬哥牙才剛長出，若換算年齡，大約是人類十幾二十歲剛長鬍子。

巴弟心頭暗稱不妙，這種年齡最是好鬥，這些血氣方剛古惑豬是來找碴的，而且豬多勢眾，若不沈著應付怕要命喪此地。

巴弟本能掄起蕃刀護在胸前，阿勇快速穿起刺蝟衣，麗莎

利爪從厚厚肉掌中伸出，痞子吐著舌頭比著蛇形刁手，酷魯張口拱背刨著爪子，喉嚨發出低沈吼聲。

巴弟大聲呵止山豬們粗暴行為：「住手！你們為什麼破壞我們房子？你們是誰？」

「停——」母山豬雙拳猛然一握，小山豬們立即靜止無聲。

「破壞你們房子？我們是誰？傑——傑——傑——連我們是誰都不知道，好一個有眼無珠井底之蛙，給我聽好了。

我就是人稱大霸、中霸、小霸尖山的第四霸，豬霸朗巴萬，其他幾位是頂頂大名，通緝在身的朗巴吐，朗巴吐站出來給他們瞧瞧。」

「嗨——」朗巴吐像相撲力士，鼻孔冒著煙，向眾人有力點了一個頭退下。

「朗巴司令——」母山豬介紹著。

「嗨——」

「朗巴禍——」

「嗨——」

「朗巴壞——」

「嗨——」

「朗巴色克司——」

「嗨——」

「朗巴色文——」

「嗨——」

「朗巴Ａ——」

「嗨——」

「朗巴耐——」

「嗨——」

母山豬將小山豬一一介紹完：「我朗巴萬威名，從德基到八仙山一帶誰人不知誰人不曉，你們幾隻毛賊來到我的地盤。竟然碼頭都沒拜，就大不列列把這搞得像渡假村，還竟敢問我幹嘛拆你們房子，傑——傑——傑——我就算要你們小命，怕

誰也不敢吭一聲是吧，孩子們！」朗巴萬高舉雙手。

「唷——呵——出草——出草——」朗巴一族大聲叫囂，情勢對巴弟們非常不利。

「難道沒有王法了，任你們胡作非為？」

「王法？傑——傑——傑——」朗巴萬仰天長嘯，淒厲笑聲帶著濃烈恨意，眼眶泛著淚光，笑聲比哭聲還難聽，牠以手刀向右猛然一砍，山豬們同時閉緊嘴巴。

「王法？」母山豬仰首望天，突然目光如電向巴弟射去，巴弟雙手捧心倒退兩步。

「王法是人訂的，這條王法早已判了我們死刑，從一出生就註定了我們命運。

縱使我們躲在深山，沒有破壞人類作物，但人在吃飽喝足後，就自然把腦筋動到我們頭上。

我的愛人慕白，就是這麼被人射殺的，我含辛茹苦把這幾個孩子養大，仍然成為人們獵殺第一標的。

自然我們成了沒有明日的亡命之徒，你問我王法？告訴你這是個物競人擇、令人失望的悲慘世界，它——有——王——法——嗎——」

朗巴萬最後幾個字以歌劇女高音DoReMiFaSo唱出它——有——王——法——嗎——充滿悲愴。

她的八隻小豬以八部合音——SoFaMiReDo它——沒——有——王——法——表現出憤怒令人震撼卻又無奈。

巴弟心中一陣難過：「妳的遭遇確實令人同情，對妳們確實不公，所以我們更應相親相愛，互相幫助才是……」

巴弟話沒講完，朗巴吐大聲咆哮：「不要跟他們廢話那麼

多，妳看他們多會享受，不但有熱水泡湯，架子上還烤著……嗚嗚……那可能就是我爸的肉，天啊！」朗巴吐絞著雙手，扭曲著身體，顯出痛苦狀。

巴弟心想完了，果然朗巴吐看到鐵架上烤著的醃山豬肉，情緒整個崩潰，牠像抓狂般衝撞那個鐵桶。

鐵架上的肥豬肉掉進火中，鐵桶裡的火旺了起來，像大家亂烘烘的心情，山豬們失去了理智，一場無法避免的戰爭開始了。

朗巴萬含淚長嘯：「既然委曲不得求全，那就納命來吧！」話聲才落，朗巴萬拖著一尺長白刃，對著巴弟衝來。

巴弟一個懶驢打滾，從朗巴萬蹄間閃過，酷魯從側飛躍將朗巴萬撲倒，接著往朗巴萬咽喉咬去，在這快如流星趕月瞬間，酷魯由撲、壓、咬已連出三招，既快且準將朗巴萬壓制住，但是酷魯體重顯然比朗巴萬輕了許多。

持平的說，這場搏鬥對酷魯相當不利，這在行家的眼中，有如一位拳擊手與相撲力士格鬥，酷魯雖然靈活並有豐富格鬥技巧，但若不能快速有效箝制住朗巴萬咽喉，最終拳擊手要付出代價的。

酷魯因為拉肚子渾身無力，只能一鼓作氣不能做持久戰，山豬王卻是有備而來，何況還有兩把一尺長兇器。

果然不出所料，朗巴萬渾身是勁，像是渾身充飽氣的橡皮皮球，充滿彈性與韌性，巴弟見朗巴萬一個奮力扭身，掙脫了酷魯的鎖喉箝制，接著兩道白光劃過，酷魯胸前掛彩，鮮血從毛間滲出，不一會染紅了胸毛。

酷魯倒退兩步尚未站穩，山豬王對著酷魯正面衝來，眼見

酷魯就要血濺五步當場斃命，就在千鈞一髮之際，巴弟大喊住
手，接著發出老么朗巴耐慘叫聲。

　　情勢一時為之逆轉，這瞬息變化若非當時在場，實非三言
兩語說得清楚，原來巴弟為了保護自己團隊，花了相當苦心。

　　巴弟在地下埋了數條繩子打上活結，繩子以塵土及樹葉覆
蓋偽裝，當敵人踏入圈套將繩子一拉，繩子另一端的竹子就會
伸直並把敵人吊到空中。

　　此刻巴弟手中繩子，正頭下腳上將山豬王最小兒子倒吊
起，並將方向轉到那只燒得正旺鐵桶上。

　　朗巴耐被突然吊起在火熱鐵桶上，驚聲尖叫連屎尿都拉了
出來。

　　「朗巴萬，我們沒有深仇大恨，如果你不冷靜下來，我手上
繩子一鬆，你小兒子就會變成烤乳豬，至於我們這邊，還沒派
出真正殺手，你們看清楚咱們這位竹甲武士阿勇，牠的竹尖全
是響尾蛇混著百步蛇及青竹絲的蛇毒。

　　你們有誰敢向牠挑戰儘管放馬過來，否則我建議大家和
睦相處，我們來這也只是暫住而已，過不久仍要下山闖蕩，做一
番大事業。」巴弟左手拉住繩子，右手比出劍指用力往上一戳。

　　「這裡不屬我們獨享，如果你們不嫌棄，大家結成兄弟，
隨時歡迎你們來泡湯、盪鞦韆，若是發現獵人，好歹也多我們
幾個通風報信，保護你們家族如何？」

　　巴弟一番話，說得態度誠懇、不卑不亢，倒是小山豬被吊
在火上這麼久，一身豬毛被烤得捲了起來，空氣中瀰漫著一股
豬毛焦味。

　　朗巴耐被烤得痛苦難耐、哭天喊地，朗巴萬心痛不忍：「你

快放我兒子下來，一切都好商量。」

巴弟假裝不懂抖著腳：「商量？商量甚麼？」

朗巴萬急了：「求你快放牠下來，我們聽你的。」

「和平相處？」

「和平相處。」

「我怎麼相信你們不會在半夜再來突擊？」

「以我們朗巴家族名譽與豬格保證。」朗巴家族所有成員，握拳往左胸重重一擊 。

「好！以後大家兄弟相稱、互相幫助。」巴弟說完把吊繩方向轉入水塘，巴弟繩索一鬆「噗通」一聲，朗巴耐掉進水塘，朗巴萬將牠扶起轉身離去。

5

夏天大三角

　　母山豬帶著小山豬離開後，巴弟趕緊將背袋裡的香菸弄碎，以菸絲為酷魯止血並犧牲褲管當繃帶為酷魯包紮傷口，巴弟將傾斜竹屋扶正用繩索固定，折騰了一個下午。

　　「挫賽，今天要不是巴弟露了一手，大家都玩完了，所以說句真心話，今天我算是服了巴弟，巴弟當班長當得起，喂，我這麼說，你最少也該客套兩句吧，怎麼不講話？」

　　巴弟是沒講話，卻像在和老天爺親嘴，頭仰得愈來愈高：

「小事一樁何足掛齒，倒是我在想過兩天等大家精神恢復後，是不是該把屋子建到樹上，妳沒聽朗巴萬說，這個八仙山系森林裡，不知還住了什麼可怕的黑熊或雲豹。」

阿勇拍手：「英明，我贊成把房子建到樹上。」

「有什麼好，大蟒蛇、黑熊、雲豹都是爬樹高手，若是在地上要跑還容易些，建在樹上掉下來，不死也摔成腦震盪那才挫賽，何況酷魯又不會爬樹。」麗莎咧嘴搖頭。

「我有一個兩全其美好辦法，保證大家滿意。」

「什麼好辦法？」阿勇懷疑的望著痞子。

「就是酷魯和老花貓住樓下，咱們三個住樓上，啊——呵——呵——呵——這不就兩全其美。」

「說了等於沒說，挫賽。」

「別吵，技術上沒問題，酷魯跟我們住樹上，統統不成問題。」巴弟閉眼食指指天。

「那你還擔心什麼？」

「我能不擔心嗎？白米快吃完了，地瓜要收成又還早，到山下買米身上又沒錢，唉……」巴弟攤開雙手。

天黑了，巴弟丟了兩根木柴到鐵桶，火星像小精靈在空中跳舞，螢火蟲以為是新來的朋友，紛紛前來打著招呼。

巴弟吹著陶笛，阿勇將竹子削得更尖，酷魯胸口的傷使牠思念起媽咪，想起小時候被人領走時，一直隔了好遠，仍聽得見媽咪的呼喚。

酷魯仰著脖子憂傷的嚎叫牠不知身在何處的媽咪，天上看不見月亮，卻有美麗星星，巴弟吹著他最喜歡的那首銀河鐵道列車。

「挫賽，酷魯鬼哭神嚎加上巴弟配樂，要嚇死人啊？」

「吹狗螺的聲音亂恐怖的。」痞子夾住翅膀伸出舌頭。

「天啊，吹得我也想哭了，巴弟，你都不想你媽咪嗎？」

「當然會想，我不是教過你們，想媽咪的時候，只要拔根毛在耳邊，就可以聽見媽咪說些什麼了。」巴弟把手搭在阿勇肩上安慰著。

「可是，我們從沒見你拔毛在耳朵旁邊聽啊？」阿勇抓著頭。

「我已不需要拔毛，就能聽到媽咪說些什麼了。」

「好羨慕你唷，巴弟你有沒想過，將來長大後你想做什麼？」阿勇摳著咯吱窩。

「當然，我希望長大後做一個醫生，是專門替動物看病的醫生，因為我懂動物的心靈就能對症下藥，還有我希望有一天能賺很多錢給我媽咪。

只要我媽咪有了錢，我爸那個愛錢鬼就會回到我媽咪身邊，乖乖的開計程車，這樣一家人又能夠生活在一起了。」巴弟眼睛充滿光芒。

「啊，流星！一下就不見了，好快，啊，又有了，好多流星！」阿勇抓屁股抓完，放在鼻前聞過，拍著巴弟肩。

巴弟覺得噁心，撥掉阿勇抓過屁股的手，站起來雙手插腰，仰頭向著天上說：「那是獅子座的流星雨，唉，我的國家又在戰爭了。」

「你的國家？在天上？」阿勇指著天空。

「是的，我是獅子王國的小王子，我叫軒轅十四，你是小犬座的南河三。」

「軒轅十四？你還好吧？」阿勇用手向巴弟額頭摸去。

巴弟把頭撇開，躲過阿勇抓過紅屁股的手，巴弟摀著嘴說：「我真的是獅子座排行最小的王子，你是天猴將軍、酷魯是天犬將軍、痞子是天鷹將軍、麗莎是天貓將軍，我們還一起殺死了長蛇王，南河三你一點印象都沒有了嗎？」

「什麼南河三，我還南河四呢，我看你是被山豬嚇阿達了吧！」

「聽它講，天鷹將軍這封號我還蠻喜歡的。」痞子說。

「我告訴你們，地球因為自轉所以季節不同，我們所觀的星星位置也會起變化。

而天上的獅子座、長蛇座、巨蟹座、天秤座、甚至天龍、武仙、牧夫、獵犬、后髮、室女、烏鴉、帆船、半人馬等，簡直太熱鬧了。

這些都是夏季觀星，出現在天幕的要角，而且每個星座都有一個精彩故事。

你們只要認得這些星座位置，然後將那些零散大小珍珠拿線串起來，再加上豐富想像力，那些星星就統統活了起來，尤其這裡沒有光害，是觀星的好地方。

你們看，牛郎、織女以及天鵝座的天津四，是不是呈三角形？這就是有名的夏季大三角，我曾經說過，痞子是天津四，是非常出名的一顆星。

而獅子座的左前方是麗莎的天貓座，右前方是阿勇的小犬座南河三，你們還和我軒轅十四的獅子座，一起擊敗了邪惡的長蛇王呢！」

「沒錯，本人是天鵝座的天津四。」痞子向大眾行了一個優

八月天頂的星空 夏天大三角

雅的紳士禮。

「看星座要具備一顆浪漫又富有豐富想像力的赤子之心，才能見到星座的美麗，你先假裝將這些星星，拿針線串出星星的輪廓，你會發現星座的名字，取得還真有幾分神似呢。」巴弟手指描著天上星星。

「可是怎麼看也看不出天貓的樣子啊？」痞子看看麗莎再看看天上：「嘿，有了！我看出來了，啊——呵——呵——呵——尾巴翹得好高，像老花貓挫賽的樣子。」

「阿勇我的頭毛是不是豎起來了？」麗莎皺起鼻子，鬍鬚一根根直了起來。

「冷靜、冷靜，注意情緒管理。」阿勇說。

「說啊，」痞子吊兒郎噹抖著腳。

「說什麼？」巴弟問。

「說天貓星座故事呀！」

「你們真的要聽？」

「反正閒著也是閒著。」

巴弟躺了下來，麗莎、酷魯、痞子和阿勇也都躺了下來：「好，以前天上的眾神之父叫做宙斯，宙斯的老婆叫赫拉。她是個非常愛吃醋的女人，祂的懷裡總是抱著一隻漂亮、英俊的長毛波斯貓，赫拉皇后最疼愛這隻叫杜蘭的貓，可是杜蘭好像永遠都是那麼憂鬱，赫拉想盡辦法但杜蘭就是不開心。

有一天，赫拉的兒子太陽神阿波羅要去林中打獵，其實是去和森林女神克羅妮絲約會，赫拉皇后醋勁很大，祂怕克羅妮絲搶走了兒子阿波羅全部的愛，就暗中破壞他們感情。

但阿波羅和森林女神的愛情是堅貞不移的，赫拉沒辦法就

派出死神普羅焰埋伏在森林，並叫克羅妮絲來宮中參加阿波羅的生日舞會。

當克羅妮絲高興準備赴宴時，死神普羅焰拉出毒箭向克羅妮絲射去，在千鈞一髮最危急時刻……」

「怎樣了？」花貓麗莎問。

「我得尿個尿。」巴弟站了起來縮著脖子。

「又屎尿一堆吊胃口。」痞子罵道。

巴弟尿完打個哈欠躺下：「不早了睡覺吧！早睡早起身體好。」

麗莎、痞子同時撲來掐著巴弟脖子：「來這套，快講！」

巴弟大笑坐起來：「好啦！我說，你們坐下我才好說，哈！沒錯，赫拉皇后要害克羅妮絲的陰謀被杜蘭知道了，牠跑去警告克羅妮絲卻來不及了，而毒箭已經射出，杜蘭一跳跳到克羅妮絲懷裡，替她擋了一箭。

赫拉皇后聽說杜蘭要死了傷心欲絕，問牠有什麼遺願？

杜蘭說牠要在天上，等到有一天牠的愛人，踏著五彩的雲來找牠，牠會一直等下去，赫拉皇后受到感動，不再破壞克羅妮絲，並要天神之父宙斯封杜蘭為天貓星。」

「歐——我的愛，杜蘭，原來你才是我的真命天子，我會踏著五彩的雲去和你合而為一，歐——杜蘭——此情永不渝——」麗莎手扣丹田高歌。

6

深山中
的神秘老人

「早——」天一亮,巴弟衝了出去蹲在草叢,他的褲子分解開來,一半給酷魯當繃帶,他現在前後各圍了一片布,像兩張小手帕一樣遮著。

阿勇的臉擠得像個包子,半天才鬆開回了一聲早。

麗莎和痞子握緊拳頭咿啊了好一會,臉色才慢慢轉回正常:「挫賽,以後誰再提楊桃,我就殺了他。」

「不提、不提,等下我們去採草藥,酷魯的傷被朗巴萬豬

哥牙感染到細菌,已經發高燒了,不趕快治會危⋯⋯」巴弟脹紅臉,過了好一會才說出一個「險——」

「順便看地瓜長得怎麼樣了。」阿勇說。

「好,屁股擦好就走吧。」巴弟走路雙腳外八像夾個榴槤。

「走吧,我好了。」痞子縮著脖子夾著翅膀。

「幹嘛走路那個怪姿勢,雙腳分那麼開,人家還以為你是騎馬長大的。」阿勇指著痞子。

「你以為我喜歡?沒辦法啊!兩腳併攏屁眼好像夾了一個火球,辣呼呼的誰受得了?」痞子回頭。

「咦?咱們的地瓜田被人破壞了,被挖得亂七八糟的。」巴弟蹲在地上。

「想也知道是朗巴萬牠們幹的好事,你看這還有山豬糞便。」阿勇也蹲了下來。

「打輸我們就搞破壞,卑鄙、無恥。」

「嘿,地上留了一些怪東西,這是什麼碗糕?」

「我看,黑褐色又像芋頭又像山藥,還毛毛的扎手。」

「大家把地瓜藤埋好,很快就會長地瓜了,至於朗巴萬應是誤會一場,否則真要再幹一場,我們哪是對手,趕快走吧!酷魯的傷不趕快治好,傷口潰爛是會死人的。」

巴弟走了兩步停住:「唉唷⋯⋯有東西咬我。」

「什麼東西?在哪?啊⋯⋯」痞子在巴弟褲襠下,手摀著嘴一臉驚恐。

巴弟彎下腰大叫:「吸血螞蝗扒在我蛋蛋上,快幫我啄下來,痞子。」

「我不敢,萬一牠有毒反咬我一口怎辦?天啊,牠還兩粒

芝麻眼瞪著我，笑得好陰險。」痞子倒退兩步。

「一群膽小鬼，快去找兩根細棍子可以吧？」巴弟苦著臉抖著雙腿。

「拿去。」阿勇撿來兩根細棍子。

「死螞蝗，還不給我馬上鬆口，是不是不想活了？」巴弟棍子夾著小螞蝗。

「叫什麼？是我先發現的。」小螞蝗撥開巴弟棍子。

「嘿，你這個死小鬼，什麼你先發現的，你搞清楚一點，這是我的，已經跟我十年了，懂不懂？這是我的蛋。」

「我不管跟了你幾年？你要講理。」

「我要講理？你才要講理，哪有人像你那麼野蠻，抓著別人的蛋就咬？」

「我媽說的，黃金落地外人財，誰叫你不把蛋放在口袋收起來，而且上面又沒有寫名字。」小螞蝗理直氣壯，扒著巴弟蛋蛋就是不鬆口。

「你這個死小鬼，還敢跟我拔河，鬆口。」巴弟拿小棍子費了好一番力，才把小螞蝗夾起丟在地上。

「大欺小，不要臉，強盜、土匪，我告我媽去。」小螞蝗跌坐在地氣呼呼的說。

「去告啊！再敢來我就一腳踩扁你。」

「算了吧！跟小孩子計較，牠懂什麼？」麗莎勸著巴弟。

「所以才要教啊，黃金落地外人財，總不能看到什麼都咬，什麼都是牠先發現。」巴弟指著一扭一扭離去的小螞蝗。

「蛋蛋腫起來像棒球那麼大，快想辦法拔毒。」阿勇嘴巴張得好大。

　　巴弟尿了一泡尿裹著泥巴，將他下面裹得像個土窯雞，巴弟會用這妙方拔毒是從電影裡學來的，丐幫用黏泥巴裹住可以拔毒，若裹隻雞來烤，毛都可以拔得光溜溜的。

　　巴弟順著水塘流下的小水渠往下走，小水渠流到一個轉彎處，形成另一個水塘，水塘四周有幾株緋櫻花。

　　「奇怪，櫻花不是春天才開，為什麼現在就開了，是不是這裡較冷，櫻花亂了時序？」

　　緋櫻花開滿樹枝，溫柔舒爽的山風，搖曳著黑色樹幹，白色、粉紅、火紅好幾色櫻花紛紛飄落，枝椏上新長了幾片嫩葉，頑皮的隨著吹拂的風，在枝椏上做著韻律操。

　　大自然的背景是純一色的綠，早上的太陽還未爬過山崗，林間的山嵐像一杯熱呼呼的熱牛奶溫柔靜謐，整座山林有如一幅美不勝收的畫。

　　「想不到這裡這麼美，而且更不容易被人發現。」

　　「噓——」阿勇蹲了下去。

　　「幹嘛？發現了什麼？」巴弟停下腳步。

　　「我有直覺，這附近一定有人住。」阿勇輕聲說。

　　「會不會是傳說中的雪怪？媽媽咪呀」痞子夾著翅膀。

　　「有可能，我聽說部落的勇士，不久前在雪山發現了雪怪，還開槍把牠射傷了，牠不會找我們算帳吧？」

　　巴弟十分擔心，因為酷魯病得那麼嚴重，阿勇和麗莎頂多和竹雞打個平手，而痞子連隻癩哈蟆都打不過。

　　「怕怕，不怕不怕。」痞子拍著胸脯。

　　巴弟蓄刀護體蹲了下來：「阿勇說得沒錯，這附近肯定有人，但不是雪怪。」

「你憑什麼這麼篤定？」阿勇蹲在巴弟後面輕聲問。

「很簡單，第一這櫻花枝椏修剪過，你們看這整齊的切口痕跡，第二這附近的野草較少且短，表示有人整理過，第三這草堆有採收過的高麗菜嫩芽，表示這是有人種的。」

「挫賽，會不會是殺人通緝犯？」麗莎受到驚嚇弓起背。

「有可能，大家放機靈點，不對勁就逃。」巴弟輕聲交待。

阿勇趕快穿起牠的戰甲，麗莎趴下身體匍匐前進，整個氣氛大有山雨欲來風滿樓的緊張。

「痞子，去偵察一下。」巴弟下令。

「我不去，你們為什麼不去？」痞子抗議。

「你是偵察隊的隊長，當然你去。」

「隊長，那隊員呢？」痞子插腰。

「你兼隊員，快去！」巴弟推著痞子。

「我就知道你會講這沒人性的話，講得好聽偵察隊隊長，還不就我一個。」

「你有翅膀能飛，我們如果能飛，誰要看你臭臉，快去！再抗命老娘就把你，喀——」麗莎伸出大姆指往脖子劃去，像印地安人剝頭皮。

「兇什麼兇！老花貓。」痞子心不甘情不願飛走了。

過沒一會痞子飛回來：「報……報告，有……有鬼……」痞子一張臉嚇得如紙般雪白。

「胡說八道，大白天哪來的鬼，在……在哪……」

「在……在鬼……鬼洞。」

「離這多……多遠？」

「方……方位洞三洞，距離一……一百碼。」

「走，去瞧……瞧，說什麼鬼話……我……我就不信……」巴弟口裡說著沒鬼，心裡卻有鬼，講起話來也變得結巴。

「起來用走的啦，妳用爬的要爬到幾時才到？」阿勇往麗莎屁股猛踢一腳。

麗莎弓著背匍匐向前爬，被阿勇猛然往屁股一踢，嚇得「喵——」的尖叫一聲，頭毛都豎了起來。

麗莎站了起來，拍了拍胸前的泥巴，樣子十分狼狽，因為牠胸前雪白自傲的毛，又髒又皺像團梅干菜。

果然，一棵十人才能環抱下的大紅檜後方，有處隱密洞穴，洞穴內有團黑影盤坐不動，巴弟寒毛豎了起來。

「會不會是……殭……殭屍……」阿勇顫抖著。

麗莎的瞳孔很快調好焦距：「有呼吸，不是死人。」

「對，死人會有屍臭，說不定是神仙，我來叫叫看，喂！先生——神仙先生——」巴弟輕聲說：「沒反應，進去看看。」

洞內不大，地上鋪了一層厚厚芒草，空氣中有股芒草清香。

岩壁鑿了一個小洞放置一盞油燈，豆點大的燈火使洞內呈現一片柔和的昏黃，角落放置一只鐵鍋及一柄鑣刀外幾無長物。

「如果不是神仙就是武林高手，你們看油燈旁有一本武功秘笈，我們跟他拜師學輕功和掌風。」巴弟合掌。

「白癡，那是金剛經，電視看太多了。」麗莎作勢打人。

「他是不是要死了，怎麼動都不動？依我看有點怪，我們還是溜吧。」

「我真懷疑你有十歲的智商，這叫打坐入定。」阿勇戳戳巴

弟頭。

「入定？」巴弟把臉湊近仔細打量老人，老人動了一下慢慢睜開眼睛。

「神仙要說話了，大家跪好。」痞子說。

「我不是神仙，我只是個平凡的孤獨老人，小朋友你們怎麼會來這裡？」

「我們……我們……」巴弟不知該如何回答。

「咦？你們生病了。」老人兩道寒光似電劈來像能看透人心。

「我們還好，只是……」

「肚子拉得很嚴重對不對？」老人淺淺一笑。

「您……您怎麼知道？」巴弟暗吃一驚。

「他有神通。」痞子手肘輕碰巴弟。

「這哪是神通，不過是一種觀察。」

「您……您也聽得懂我們講話？」巴弟有種碰到知音般的高興。

「其實每個人將心靈沉澱下來，都可以瞭解對方的心意，這是所有動物的本能也叫做靈性，只要心靈不受到污染，所有動物心靈都能相通。

而語言原是為互相關心的工具，可惜卻被濫用變成傷人利劍，許多恩怨誤會也就這麼糾纏不清了。」

「啊，我的心情變得好多了，因為大人都說我腦筋有問題，神仙……啊，對不起，我該叫您什麼名字？」

「呵……呵……太多年沒用叫起來也陌生，你隨便叫吧。」老人撫鬚笑著，巴弟發現他的右眉到眼角有一道長疤痕，像是

日本劍俠宮本武藏。

「您沒家人嗎？為什麼一個人住這？」

「家人？呃，是沒了家人，住這算是贖罪吧。」老人平靜的說。

巴弟感染到老人的憂傷，知道自己不小心勾起了老人的傷心事。

「對不起，我……」巴弟感到很抱歉。

「沒關係，傷痛必是刻骨銘心的記憶，人們選擇不去碰觸，那是一種逃避，修行人不該逃避，而是應該訓練自己。」

「訓練什麼？」

「貪瞋癡徹底止息，煩惱永滅不起。」

「我聽不懂您說什麼。」

「挫賽！大師開悟了，話裡有禪機。」花貓麗莎合掌。

「呵……呵……哪有什麼禪機，開悟只是一分真實的明白，生命展現的生老病死諸苦，若是真看清它虛妄不實的本質，不再疑惑又有什麼悟可言。」

巴弟們像鴨子聽雷，不解老人說些什麼。

「呵……呵……對不起，可能我在這太久了，連說話的表達方式都生疏了，以後我會多改進。

現在，我們去採點藥治你們的肚子，及另一個胸口發炎的大傢伙吧，還有你手上有個好東西別糟蹋了，那叫何首烏。」

老人站起走到洞外，巴弟看得仔細了，老人一頭花白長髮穿著一件長袍，相貌性格面帶慈祥，臉色紅潤體格健碩。

老人優雅的邁著步子，巴弟四人在後跟著，走到水塘處老人指著崖壁上一棵高大的樹：「若是能採到它的葉子，煮水喝

馬上止瀉。」

老人說完拍拍阿勇肩膀。

「啊——呵……呵……呵……猴子不敢爬樹，牠有懼高症。」痞子夾著翅膀大笑。

阿勇尷尬得屁股更紅了，老人慈祥說：「試試看，提起勇氣挑戰可以改變的事，你一定可以辦到的。」

阿勇受到鼓勵，咬牙閉眼一躍而上，很快的牠感覺樹枝在搖晃，並且聽到了風聲吹動著牠的猴毛。

阿勇判斷應該爬得很高了卻不敢睜開眼，因為一睜眼就心裡發毛，兩腿軟得發抖，連尿都忍不住要滴出來。

「左邊、左邊。」痞子在地上跳著。

「挫賽，再高一點，頭上很多。」

阿勇閉著眼摸著，風兒似乎跟阿勇開著玩笑，將枝椏吹得左右搖擺。

阿勇像瞎子般摸了半天，痞子火大喊著「猴子臉都被你丟盡了。」

「挫賽，就算掉到水裡也死不了，那麼孬種就下來，別再丟人現眼。」

阿勇睜開眼望去，的確掉下去頂多掉到水裡死不了，於是睜開眼豁了出去，很快的掰下一截樹枝丟下，大夥在樹下給阿勇鼓掌著。

阿勇有了成就感膽子更壯，摘完手邊的再往上爬，阿勇克服了恐懼感，雙腳勾著樹枝，倒吊著摘並秀出花俏動作，老人喊說數量夠了。

阿勇像英雄般爬下樹，兩肩聳得高高的，頭如搗蒜抱拳接

受眾人歡呼。

「大師父，這是什麼樹葉，怎麼有股清香？」巴弟問。

「呵……呵……是茶葉。」

「茶葉？茶樹不是都矮矮的，怎麼會這麼高大？」

「呃，你所見的茶樹，為了方便採收都已經過許多代的改良。這棵是原生種不但高大且非常珍貴，可以稱為茶王了，所以它的葉子煮水喝會有奇效，你們摘一片乾嚼看看。」

「嗯，苦苦澀澀，但是喉嚨會回甘而且很清香。」

「呵……沒錯，你們知道嗎？相傳五千多年前，中國的山東半島有一名叫神農的童子，他的相貌怪異頭上長角，用榕樹葉做成裙子遮著身體，手裡拿著樹枝嚐遍百草。

他教導百姓何者可食、何者有毒，呵……呵……每次中毒後都是用茶來解的毒，所以古書有神農嚐七十二毒，得茶而解的記載，因此茶最早被稱為藥茶。」

「噢？茶葉可以解毒？可是那麼多人沒中毒，為什麼也喝茶？」

「呵……呵……古時候野生茶都生長在渺無人煙的深山，一些所謂的仙人、僧侶及修道隱士，都選擇到深山修身養性。」

他們吃的仙人果或是長生不老葉，就是我們在崖壁上摘的野生岩茶及茶籽，這茶裡含有豐富微量元素，能抗老化增強免疫力，是最佳的養生植物。」

「原來茶葉有這麼多好處。」巴弟嘴裡又塞進兩片茶葉嚼著。

巴弟指著水塘邊的岩縫，長了些暗紅色像小地瓜葉，又有著金色葉脈植物說：「大師父，這種地瓜葉在我們住的岩縫中

也有很多，它有什麼功用？能炒來吃嗎？」

「呵呵呵！可千萬別炒來吃。」

「它有毒？是因為它的品種不同嗎？」

「呵呵……地瓜葉一斤八元，你知道它一斤多少錢嗎？」

「難道八十元？」

「呵呵……傻孩子，它一斤最少八千元。」

「八千！」巴弟們驚叫。

「這是野生金線蓮專治癌症的，以前都銷往日本，現在快找不到了，所以我說可千萬別炒來吃，呵呵……」

「真的？這下發了，找個時間我們到山下去賣藥，順便採購一些糖菓、餅乾、巧克力，也給酷魯買幾根大骨頭，讓牠過過癮，麗莎妳想要些什麼？」巴弟高興說。

「當然是減肥藥啦，往後望去我還以為是隻新品種的山豬呢，啊——呵……呵……呵……肥婆」痞子往麗莎屁股拍下。

「挫賽，我建議給痞子買個鳥籠，瘋子應該關在瘋人院。」

「大師父，我幫您買些香腸、臘肉或是肉醬罐頭來吧。」

「呵呵……謝謝你們，我吃全素用不著那些。」

「吃素？大師父是不是修行人都要吃素？」

「不是的，吃素只是為培養慈悲心而已，與解脫沒有絕對關係，如果沒有智慧，牛吃了一輩子草還是牛。」

「大師父，您能不能收我們幾個當徒弟？」

「孩子，你純潔的像張白紙，我沒什麼值得讓你學的，因為我給你任何觀念，都會染汙你原有的純潔，不過我倒是有塊多餘的布可以送給你，你可以做條丁字褲穿在裡面，跟我來拿吧。」

老人手中多了幾味治刀傷、消炎和退燒藥草給了巴弟。

痞子摀著嘴對麗莎說：「巴弟雞雞被人看到了，嘻……」

「下流！」麗莎往痞子頭上打去。

老人回到山洞，從鋪地的芒草下拿出一張泛黃方巾，老人將摺疊整齊的方巾攤開，迎向洞口陽光。

方巾變成夕陽西下般昏黃，而方巾上繡得栩栩如生的燕子像是倦鳥歸巢，老人望著方巾陷入極深感傷之中。

「大師父，這兩隻烏鴉繡的好活，像要飛走了一樣。」

「烏鴉？噢，呵呵……那是燕子，拿去吧。」

「大師父，我看得出來，這布對您很重要我不能拿。」

「好孩子，那是故人之物，現在故人已去，留著也只是徒增傷感。

這些年來我已能平靜接受不能改變的事實，因為她已死了，我應該從裡面解脫出來，不該再陷在煩惱的漩渦，拿去吧！」

巴弟攤開方巾將草藥包妥，纏在腰上向老人告別。

巴弟循著原路走回去，痞子、阿勇、麗莎快樂的跟著，痞子吹著口哨唱著歌。

「我有一隻小毛驢我從來也不騎，

　有一天我心血來潮騎著去趕集，

　我手裡拿著小皮鞭我心裡正得意，

　不知怎麼嘩啦啦啦啦我摔了一身泥。」

痞子為了加強唱作效果故意滑倒，麗莎踢牠一腳：「挫賽，要走走好一點，被我踩到可別鬼叫。」

痞子拍拍屁股泥土，又跟在巴弟後面，手裡多了根小樹枝，

邊唱邊抽巴弟屁股，顯然牠把巴弟當成牠的小毛驢。

「快到家了，大家幫忙把這些何首烏帶回去，大師父說它是好東西。」巴弟指著開墾的地瓜園上散落的何首烏。

大夥分工合作，麗莎和阿勇腋下各夾一個，痞子吃力的抱一個小的，剩下的巴弟拿方巾包了一大包，扛得氣喘吁吁雙腿發軟。

還沒到家，痞子劈口大罵：「長那麼大個有個屁用，一點忙都不會幫，累死我了。」痞子伸著舌頭喘著。

巴弟放下東西走到酷魯身旁，酷魯張著死魚眼流了一下巴口水，夢囈般說：「山洞裡有人講話，樹上好多種水果，還有大骨頭。」

巴弟往牠額頭一摸嚇了一跳：「哎！那麼燙，會不會腦袋燒壞了？」

巴弟將大師父教他的幾種草藥搗成汁給酷魯喝，剩下殘渣給酷魯敷在傷口，自己和痞子們嚼著野生岩茶。

酷魯似乎清醒了一些，望著巴弟重覆說著：「山洞裡有人講話，樹上好多種水果長在一起，還有好多大骨頭。」

「挫賽，是不是迴光返照？淒慘啊！我看明天一大早就下山賣藥，賺了錢給牠多買幾根大骨頭，讓牠吃飽好走吧！嗚——可憐的酷魯，哇——」麗莎張大嘴哭，激烈用著頭。

「歐桑，嘴巴小一點吧，喉嚨都看到了，裡面的鈴噹震得好誇張。」

痞子合掌：「妳不能小聲泣飲像個淑女嗎？」

「嗚——淑……我淑你媽個淑，酷魯快掛了，你一點都不傷心，你這無情無義、無血無淚、無心無肝的無——賴——」

「哇！無中生有。」痞子伸舌夾緊翅膀。

巴弟拿著方巾，沾水幫酷魯擦身體退燒。

天黑了，巴弟在鐵桶內添著樹枝，等火燒旺丟了幾個何首烏到鐵桶裡烤，像是烤地瓜外層裹著泥巴。

巴弟坐在水塘邊吹著陶笛，那是一首思念母親的兒歌。

「世上只有媽媽好，有媽的孩子像個寶，

躺在媽媽的懷抱，幸福哪裡少。

世上只有媽媽好，沒媽的孩子像根草，

失去媽媽的懷抱，幸福哪裡找……」

大家的心情都很鬱悶，阿勇撥弄著柴火，麗莎低頭梳理胸毛，痞子不講話難過，講話要挨麗莎罵，只好抱著一塊扁平石頭，磨著牠的啄和鳥爪。

「挫賽，酷魯又在吹狗螺了，是不是熬不過今晚了？我……我不敢睡了……」

「嗚……」酷魯仰著頭嗚嗚嚎哭。

「麗莎，我好心告訴妳喔，晚上聽到這樣叫妳，麗——莎——跟——我——回——去——妳可千萬別跟他走，那個就是鬼鬼來勾魂的。」痞子抱著石頭，故意伸舌壓低聲音，雙眼上吊露出眼白。

「死痞子，再裝那鬼聲，別怪我……我……喀……喀……」麗莎牙齒打著顫，手抹著脖子。

「好了，別鬧了！肚子已經不拉了，等下吃飽何首烏後早點睡，明天一早咱們要下山做生意，除了酷魯看家留守，咱們四個誰都不准賴床。」

7

好心的
董事長夫人

天微亮，巴弟把麗莎、阿勇、痞子叫起床，將昨天採的藥草、金線蓮及何首烏，裝在一只竹籃裡準備下山。

「奇怪，沒吃早餐竟然肚子不餓，精神還特別好，你們覺得餓嗎？」巴弟問。

「會不會是吃了何首烏的關係？你沒聽老傢伙說那是好東西。」痞子摸著肚子。

「什麼老傢伙，一點禮貌都不懂，是老人家。」巴弟糾正痞子。

　　巴弟四人從山上往下走，天色仍然很暗，近山仍分不太出樹木的層次與樹種，但顏色漸從漆黑，轉為深藍與淡紫的混合色。稍遠處的山谷，白色的山嵐正忙著調色，將紫藍調為海的蔚藍。

　　遠處的群山，像浸在熱牛奶中冒著白色的熱氣，山峰的背後出現一片紫色，並有層次的抹上一撇洋紅，一撇金黃，雲彩的最上層，則用大刷子刷上柔和的粉紅、鵝黃、淡紫、橘紅。

　　沒有刷到的部份，有耀眼金光從中透出，像樂團指揮的魔棒，指揮著色彩的音符，演奏它們特有的冷暖色調，整片天幕快節奏且優雅變換著姿態。

　　天色漸漸亮了起來，巴弟可以清楚看到，山徑旁練著吐吶的大肚樹蛙，及練外丹功的梭德氏赤蛙及本土的褐樹蛙。

　　練著太極拳的老蝸牛及八段錦的獨角仙看螳螂小帥哥剛打完一套激烈的螳螂拳，正抱著樹幹喘著氣。

　　跳著土風舞的蝴蝶，穿著各國濃厚民族色彩的舞衣翩翩起舞，老師由熱愛本土文化的曙鳳蝶帶領，個個年輕貌美，由於成員太多，必須編成許多排。

　　第一排接近觀眾的是資深的本土團員，分別是麝馨鳳蝶、寬尾鳳蝶、蛇目蝶、雙環鳳蝶、胡麻斑鳳蝶、江崎黃蝶、八仙蔭蝶、文宗蛇木蝶、素木三線蝶、高砂文字蝶、小灰蝶、黃斑挾蝶、莉莉灰蝶、余寬小灰蝶、白胡蘿小灰蝶、黑燕蝶及黃紋蝶。

　　大會司儀花了好長一段時間，才介紹完代表台灣特有種的蝴蝶，牠們正組成一支三百九十六種不同品種的土風舞舞團，擔任大會舞的演出，以不負蝴蝶王國的美譽。

　　會場內有國際知名國標舞舞王與舞后藍腹鷴精彩表演，牠

們頭上戴著白色絲巾,臉上畫著紅色油彩,背上披著黃黑相間豹紋披肩,脖子圍著墨綠圍巾。在厚厚落葉松林間,跳著誇張花式探戈,在一甩頭、一勾腳間,已單腳夾起白嫩可口肥腸往口裡送去。

場外等著簽名的竹雞粉絲,穿著學校黃卡其老土制服,觀眾羣很多,藍鵲及畫眉鳥穿著國外親戚寄來的馬刺隊及熱火隊的夾克。

黃山雀及白頭翁雖無令人羨慕的夾克,卻各有頂洋基及紅襪隊棒球帽。

小翼鳥、紫嘯鶇、白頭鶇及火冠戴菊鳥的穿著,雖是五分埔的平價成衣,卻也更有自信穿出牠們的混搭。

數目最多也最嗨的麻雀,穿著一件九十九元同一款式的T恤,場外沒錢買票的烏鴉,穿著像討債公司的黑衣少年,成群的跳著街舞。

擔任DJ的知了,多嘴秀了一段嘻哈饒舌歌曲,卻傳來像電波干擾的嘰聲,烏鴉兄弟不爽,滿場追著要痛扁愛現的知了。

另一個球場內,由身材壯碩的紅檜、圓柏、扁柏、肖楠、白灣赤楊所組成的針葉樹系籃球隊,正與同屬高個針葉的另一支球隊爭執不下。

雲杉、鐵杉、冷杉、二葉松及草山松,憤怒的指責扁柏及肖楠愛耍小動作,出拐子犯規,海拔較低的闊葉林系的裁判,樟樹先生及楓樹先生卻又各執己見,互不讓步而引起兩支球隊罷賽。

觀眾席兩隊球迷不爽,紛紛搖落身上枯葉,像紙屑般丟滿整個比賽場地。

　　大會為了平息球迷憤怒，趕緊派出美女啦啦隊，表演勁歌熱舞。

　　最先出場的由台灣百合率領曼陀羅、文殊蘭、水仙、野薑花、海芋、山茶花、白茉莉、白菊花、白牡丹，但觀眾看著表演者清一色的白衣綠裙，無不破口大罵：「孝女白琴辦喪事啊！下去——下去——」

　　接著換上一支全身火紅，穿著迷你短裙的朱槿、馬纓丹、紅小薊、大理花、馬蘭、紅杏、紅玫瑰、紅櫻花、朱唇及一丈紅，才一上場又被觀眾批評，胭脂塗的太厚，俗氣的像酒家女，又被噓下場。

　　最後大會派出一支穿著黃色短裙的少女時代，由向日葵領隊，表演者有小金英、黃玫瑰、黃薔薇、水亞木、華八仙、金雀花、黃槿、金絲梅九名美少女。

　　這群美少女扭腰擺臀，臉上綻放甜美笑容，觀眾受到熱情感染，全都打著拍子吹著口哨，球場恢復了歡笑，而巴弟們尚未欣賞完百花齊放的嘉年華會，已經走到了山下。

　　高拔的青山腳下，有幾戶紅頂民宿依山而建，對面橫過一條溪谷，溪水上泛著寒煙，清晨的陽光乍現，仍照不去清冷的涼意。

　　巴弟心頭湧上一股陌生與孤獨，他躊躇了一會有了怯意，他不知怎麼做生意，看看自己的夥伴似有相同心境，連一向膽大包天、聒噪不安的痞子，也一路緘默不發一語，老實站在巴弟肩上。

　　巴弟與牠對望，痞子吞了一口口水將頭偷偷縮進翅膀，巴弟心想這幾個夥伴隨他一路走來，不離不棄始終如一，就是因

為信任才跟隨自己，一起執行開創前途及尋母計劃，此刻酷魯身染重病急須救助，在此關頭怎能退縮？

巴弟告訴自己：「考驗自己的時候到了，什麼事情還沒試過就退縮，那是懦夫的行為，是對自己的不負責任，今天就算做不到生意賺不到錢，也要到飯店請麗莎、阿勇、痞子吃頓豪華大餐。然後打包兩份叫牠們帶回去給酷魯享受一下，自己留下來洗碗，洗夠了自然會放人，這是自己身為班長不容推脫的責任。」

巴弟被自己的勇敢與熱血感動得眼角噴淚，巴弟擤了鼻涕擦完眼淚，巴弟給自己做了一番心理建設，信心立刻大增，戰鬥指數滿分。

巴弟對痞子露出一個充滿信心笑容，以堅定語氣說：「這幾家小民宿的客人比較沒錢，我們到前面大飯店去，那邊客人才捨得花錢。」

痞子見巴弟由哭轉笑，吞嚥了一口口水，把頭夾在翅膀。

谷關溫泉大飯店，聳立在一個大轉彎處的斜坡上，是一棟現代化、美侖美奐的白色高大建築。

飯店大門口粗獷原木搭配著璞石與樺樹，加上一個巨大紅色風車。

廣闊的斜坡有一片不同顏色嬌艷美麗鬱金香，綻放在柔軟草坪上，兩旁步道種植兩排高大吉野櫻。大門玄關花架上一叢紫薇，正盛開著一團團的紫花。

微風輕拂，成片鬱金香和吉野櫻，奼紫嫣紅隨著和風搖曳生姿，使人宛如置身夢幻童話世界。

陽光溫暖灑落身上，大廳內飄來陣陣咖啡與濃郁奶香混著

甜美焦糖，一座貴重白色鋼琴，正演奏著優美旋律。

　　寬敞大廳內，有柔和燈光及舒適坐椅，原木彫刻收藏甚豐，散發著檜木及樟木香氣，高雅吧枱旁有位相貌甜美，身著和服小女孩正在彈琴。

　　鋼琴旁一位雍容華貴，身穿和服老夫人，及一位頭髮銀白，身著黑色燕尾服老紳士正喝著咖啡。老夫人懷裡有隻漂亮卻很高傲銀毛波斯貓，老夫人頻頻點頭讚賞著彈琴女孩。

　　「停——」痞子坐在巴弟肩上張開翅膀。

　　「就這吧，剛好前面有兩攤跟我們一樣賣草藥，咱們就蹲在他們旁邊，一起賣比較有伴。」

　　巴弟們蹲了下來，將草藥從竹籃取出排列整齊。

　　突然！一個粗暴咒罵聲嚇了巴弟一跳：「喂！小鬼滾遠一點，這是我們地盤，沒有我們允許不准來賣。」說話者皮膚黝黑，肥胖身材有個明顯大蒜鼻，和嚼著檳榔的血盆大口。

　　「聽到沒有？還不快滾。」另一個一把拎起巴弟衣襟，他的身材高瘦有一個鷹鉤鼻，最糟糕的是他有強烈的狐臭。

　　「這又不是你家，憑什麼叫我們滾，死胖子。」

　　「這隻死鳥說什麼，再說一遍看我不把牠脖子捏斷才怪，滾！」

　　「對不起、對不起！牠沒說什麼，我們走開就是。」巴弟趕快將東西收拾妥離開。

　　巴弟他們往下走，直到轉過飯店前的大彎：「好了，看不到他們了，在這總礙不到他們了吧？」巴弟貼著岩壁偷看。

　　「怕他們什麼，把我惹火了，我來招飛鷹搶珠，啄得他倆哭爸哭母。」

「挫賽，要不是巴弟心軟，我早就躍到他們頭上，給他們開光點眼，阿勇對不對？」

「好心點，出來做生意要懂得和氣生財，拜託你們別那麼愛逞強鬥狠，身段放柔軟一點，ok？」巴弟按著頭。

「噓——有人來了。」麗莎豎起耳朵。

果然，不一會，轉彎處出現了三人一貓，最先映入眼簾的是內著白色襯衣，外面是件淡紫有著黃菊圖案，身著和服的老夫人。

老夫人盤起髮髻橫插著一根銀簪，一雙夾腳鞋碎步走來，頭上銀簪上的珠簾上下震動，手上一把精緻檀香扇優雅搧著。

旁邊跟著是彈鋼琴小女孩，V型白色襯衣，外面是件蘋果綠點綴數朵粉紅櫻花和服，手中拿著一條白手絹，穿著夾腳鞋，臉上露出甜美笑容，愉快哼著歌。

另外一位銀髮老先生，似乎對老夫人十分恭敬，極體貼請老夫人走好。

「哈囉——歐海唷——狗炸油馬吃——」

「嘻，奶奶，鳥會講話，牠在道早安吶。」

「看看NO罵你，3Q，3Q！」痞子又秀了兩句英文。

「哦？這句什麼意思？」老夫人好奇的問。

「噢，牠說看看不要錢，NO罵你，3Q是謝謝妳。」巴弟翻譯著。

「嘻，卡娃伊內。」小女孩輕拍手掌。

老夫人蹲下去，拿了一株金線蓮問老先生：「柯雷哇南咧是卡？」＊註：日語，這個是什麼東西？

老先生接過來眼睛一亮，附在老夫人耳邊嘰嘰咕咕說了一

堆，只見老夫人不住點頭微笑。

「小朋友，請問這怎麼賣？」

「啊，老夫人，您會講中國話，而且還那麼標準，這樣就給您一個大優待，統統買算您這樣就好。」老夫人說著標準的華語，嚇了巴弟一跳，巴弟比著食指。

老夫人和老先生說著巴弟聽不懂的日語，老先生說：「值得，您知道現在幾乎再也看不到野生金線蓮了，何況還有何首烏及其他高貴藥材。」

老夫人點點頭問：「小朋友，你說賣十萬嗎？」

「哪有，老夫人我說賣一萬。」巴弟搖著手。

「只賣一萬，沒算錯？」老夫人溫柔說。

「老夫人金線蓮八千，其他算兩千就好。」

老夫人點點頭，從皮包掏出一疊千元大鈔，數後交給巴弟，巴弟數過正好十張，於是解下大師父送他的方巾，將錢包好後又綁回腰間。

老夫人似乎看到了什麼令她吃驚事，指著巴弟那條方巾好一會才收回手。

老夫人慈祥說：「小朋友，可不可以請你們，幫我把這些藥拿到前面那家飯店。」

「喵——喵——」老夫人懷裡的貓，似乎想要跳下來。

「橫綱，怎麼了？原來你想跟那隻貓妹妹做朋友？等下到飯店再給你們介紹好不好？」老夫人溫柔摸摸懷裡波斯貓。

「挫賽，那隻色貓叫橫綱，我會死得很難看。」麗莎吐出舌頭。

「小朋友我們走吧。」老夫人微笑著。

巴弟收拾好東西，跟老夫人回飯店。

「董事長好。」門僮替大家開門恭敬鞠躬。

老夫人微笑回禮，和善的招呼著巴弟們：「小朋友坐，大家都請坐，肚子餓了吧，想吃什麼儘量叫來吃，這有菜單。」

巴弟識字不多，何況菜單上還有許多豆芽字，巴弟闔上菜單：「來六份最好吃的。」

「四個人叫六份，吃得下嗎？」老夫人微笑問著。

「多叫兩份外帶給生病的大個吃。」巴弟說。

老夫人點頭向櫃枱招手，一位穿西裝的經理過來，老夫人對他交待一番，過沒多久服務生端來四個大圓盤，裡面有龍蝦、牛排、德國豬腳、沙拉、小麵包、玉米濃湯。

不等老夫人招呼，巴弟們已經拿手抓來吃了，四人狼吞虎嚥吃相，逗得小女孩摀著嘴笑。

巴弟吞下一口麵包翻著白眼，伸伸脖子正好看到小女孩對著他笑，巴弟臉紅了起來。

巴弟仰頭將玉米濃湯灌進肚子，連打幾個飽嗝，巴弟拿手臂擦擦嘴，才剛擦完嘴，服務生又送來一大盤什錦水果。

阿勇將櫻桃塞進腮幫子，把腮幫子塞得鼓鼓的，巴弟肚子鼓得像個西瓜，斜躺在沙發上。

「慢慢吃不要急。」老夫人打開摺扇輕輕搧著，巴弟注意到扇子上有兩隻眼熟烏鴉。

老夫人看大家吃飽了，微笑問道：「小朋友，你們叫什麼名字？」

「我叫軒轅十四，猴子叫南河三，傻鳥叫天津四，肥婆叫杜蘭夫人。」

「嘻，好好聽的名字吶，博士您知道是什麼意思嗎？」小女孩天真問。

「噢，軒轅十四是中國皇帝，所以又叫帝王之星，他是獅子座最閃亮的一顆星，南河三是小犬座最明亮的主星，他們聯手打敗了最強大敵人，名叫蚩尤的長蛇王。

另外天津四和牛郎星及織女星，在夏季星空正好呈現一個三角形，就是有名的夏日大三角。

天津四是天鵝座最閃亮的一顆星，杜蘭夫人倒是沒有研究，等我收集資料後再跟妳說好嗎？」

「嘰哩咕嚕不知說些什麼？巴弟你也問問她們叫什麼名字吧。」痞子用爪子勾勾巴弟。

「呃，我們還沒請教老夫人怎麼稱呼？」巴弟禮貌問。

「失禮了，我來介紹一下，我姓藤田名叫恭美子，他是我家庭醫生佐藤紀雄博士，這位小妹妹是我孫女美智子，請多多指教。」老夫人禮貌行禮，巴弟、麗莎、阿勇、痞子也站起回禮。

「對了！軒轅十四我有個無禮請求，能不能請你將腰帶綁的方巾，解下來借我一看。」老夫人微微鞠躬輕翻右掌。

「一條破布有什麼好看？」巴弟心裡嘀咕解下方巾。

老夫人打開方巾，將錢推還巴弟，抖平方巾仔細瞧看，老夫人雙唇微抖，幾度欲言又止，最後長嘆一聲，將方巾推還巴弟。

巴弟覺得奇怪，一切似乎不合常理，有人會對著一塊破布傷心，還拜託我要愛惜，看她這麼喜歡，不如做個人情送她。

「老夫人，您對這塊布好像有很深感情，如果您喜歡就送給您吧。」

「軒轅十四,謝謝你的好心,這塊方巾有如我的一生,傷心的一生……」老夫人握著方巾,輕擦眼角的淚。

「這方巾對我而言的確太重要了,不過,故人不在一切也成為過去……成為一個故事……」老夫人將方巾推還給巴弟。

「五十年前我十八歲,跟著父親及父親學生鈴木秀雄君,到台灣谷關開設醫院為附近居民治病,當時父親聘請了一位台籍青年宗儒君做助手。

父親非常欣賞宗儒君熱情與善良品格,於是把畢生所學毫不保留傳授給宗儒君,由於朝暮相處,我和宗儒君產生了情愫並且論及婚嫁,可是我卻害了宗儒……」

老夫人說到傷心處,眼淚簌簌落下臉頰,她拿出手絹擦了擦。

老夫人嘆口氣繼續說:「因為我和宗儒君相愛,引起父親學生鈴木君的嫉妒,當時駭人聽聞的霧社事件雖過多年,但日本政府仍在四處捉拿,莫那魯道餘黨及抗日叛逆份子。

結果鈴木君密報,誣賴宗儒君和莫那魯道他們是一夥的,於是警方展開追捕,當時台日雙方關係非常緊繃,許多誤會一觸即發,彼此之間幾無信任可言,雖然父親極力為宗儒君澄清,但遺憾不為憲兵隊接受。

一夜我和宗儒君在醫院談事情,忽然狗兒狂吠,於是請宗儒君趕緊藏匿,豈料憲兵帶著狼犬,很快尋獲宗儒君藏匿地點……」老夫人再度擦淚,肩頭不住抽搐。

「怎樣了?」巴弟急著問。

「宗儒君被憲兵押解,欲上吉普車時突然拔腿狂奔,憲兵及狼犬緊追在後,最後被追到斷崖處,我永遠忘不了,他最後

對我深情的眼神……他……」

老夫人泣不成聲，醫生博士輕拍老夫人肩，小女孩也含著淚光拉著老夫人裙襬，巴弟們也都陷入一股感傷氛圍。

老夫人調整一下情緒：「宗儒君跳崖自殺，當時我昏厥被送回醫院，但是宗儒君跳崖自殺消息，很快傳遍整個村落。

村民憤怒要為心中好醫生報仇，於是拿著刀械火把，看到日本人就打或放火燒房子。

當時大家被仇恨沖昏了頭，全都變成盲目行為，家父醫院被燒，就在千鈞一髮之際，一位台籍婦人將我救出。

當時我肚子已經懷了宗儒君的孩子，過沒多久美國在廣島和長崎投下了兩顆原子彈，天皇宣佈無條件投降，家父切腹自殺，鈴木君和我及日僑被遣返回日本。

過了兩年，鈴木君染病身亡，我將孩子生出後，含辛茹苦養大，孩子沒有讓我失望，醫學院畢業後努力工作，現和妻子開設醫院，我從事百貨公司連鎖店經營。

為了紀念對家父及宗儒君的愛，十年前我不惜重金，建立這間溫泉飯店，這裡就是昔日醫院舊址，也是我差點被火燒死的宿舍，所以每年這個季節，我都會來憑弔家父及我的愛人……」

老夫人擦著眼淚，平息了一下情緒，輕嘆一聲說：「軒轅十四手上方巾，是當年我送給宗儒君用來包便當的，上面綉的燕子，正是我們藤田家的家徽，宗儒君總是將它纏在腰上和軒轅十四一樣，所以我想請問這塊方巾軒轅十四是打哪來的？」

「這……呃，這方巾是我在山裡撿到的。」巴弟語帶保留沒敢說真話，因為老夫人的話實在詭異，又十分不合常理。

巴弟心想:「若山洞裡的大師父真是老夫人的愛人,那麼大師父應該想盡辦法,去尋找他的愛人才對,怎會一個人躲在深山?」

「哎唷!萬一……」巴弟心裡打了一個冷顫:「怎麼沒想到這點,萬一大師父是殺人犯躲藏在山中,被我們發現了他的行蹤,那麼……我們隨時可能會遭殺人滅口。」

老夫人故事講完了,巴弟問:「老夫人,我們吃飽了,請問總共多少錢?」

老夫人慈祥說:「一切由我請客,如果還需要什麼,可以跟櫃枱說,請一樣由我支付。」

巴弟歪著脖子抓著頭說:「嘿……那……那怎麼好意思……」

老夫人微笑道:「如果以後下山有金線蓮,無論多少我都願意收購,我很欣賞你們小小年紀,就能勇敢面對困難並突破困境。

尤其看到你對待同伴像家人一樣,這種愛屋及烏同理心更令我感動,我相信你們已培養出了良好默契及共同願望,在此我深深祝福軒轅十四君、南河三君、天津四君及杜蘭夫人,早日完成你們的願望,找到你的母親。」

巴弟脫掉小圓帽向老夫人深深一鞠躬,美智子大方的伸手和巴弟相握,巴弟臉上像顆熟透的草莓,每粒雀斑都起立歡呼:「美……美智子,嘻……再見……」

遭暴徒搶劫

　　告別了老夫人，巴弟說：「現在我們找雜貨店和水果店，
若看到水果統統買回去，還要買米、臘肉、香腸、燻雞和烤
鴨。各種罐頭和水果統統掛到樹上，讓酷魯夢想成真，啊，別
忘了大骨頭。」

　　「挫賽，這麼多東西怎麼拿得動？」

　　「白痴，不會叫車子啊，咱們現在是有錢人。」

　　「對哦，呀呵——」麗莎她們高興得跳起來唱著。

告別了老夫人，巴弟說：「現在我們找雜貨店和水果店，若看到水果統統買回去，還要買米、臘肉、香腸、熏雞和烤鴨。各種罐頭和水果統統掛到樹上，讓酷魯夢想成真，啊，別忘了大骨頭。」

「挫賽，這麼多東西怎麼拿得動？」

「白痴，不會叫車子啊，咱們現在是有錢人。」

「對哦，呀呵——」麗莎她們高興得跳起來唱著。

「我們是群快樂的小孩，

　要去完成偉大的夢想，

　在那青山白雲綠水邊，

　蓋它一座兒童的樂園，

　不用買票不花一毛錢，

　游泳滑水還有動物園，

　爆米花堆裡玩捉迷藏，

　口渴跳進汽水游泳池，

　樹上掛滿各種甜水果，

　幫你剝皮送到你的嘴，

　還有機器人為你跑腿，

　幫你做功課替你上學，

　我們矇眼玩著誰當鬼，

　唷雷伊——唷雷伊——唷雷依歐——」

金色的陽光，溫暖的和風，吹動著巴弟們的綠領巾，痞子倒掛在巴弟肩上的樹枝，搖擺著身體。

阿勇、麗莎分別在巴弟左右，踩著輕快步伐大聲合唱著青春舞曲，他們眼睛散放光芒，嘴巴咧到耳邊那麼大。

「啊！有了！前面有家雜貨店，正好還兼賣水果，耶——」

「拜託你別再盪來盪去，可以下來了，阿勇！記得提醒我，還要給酷魯買退燒藥。」

「再買點鎮定劑。」阿勇說。

「幹嘛？」

「給過動兒痞子吃。」

「最好買點啞巴藥，我被牠吵得到現在，耳根還在嗡嗡叫。」麗莎揉著耳朵。

「小朋友要買什麼？」雜貨店老闆和氣招呼著。

「呃，我看看有什麼？嘿……東西倒是蠻齊全的，我要……好！這裡水果統統買，香腸臘肉不能少，罐頭泡麵各兩箱，十盒雞蛋兩包米，一根雪茄一包菸，再來一瓶香檳酒。糖果、餅乾、巧克力，還要一盒退燒藥，加上這些大骨頭，老闆總共要多少？」巴弟像數來寶一樣唸完。

「呃，我算算……」老闆架上老花眼鏡，嗶嗶啵啵撥打著算盤。

「小朋友，一共是兩千六百八十元，兩路發！嘿……兩路發。」老闆露出兩排金牙。

「老闆，能不能幫忙叫輛車，我們住在山上車資照算。」

「那就由我開小發財車送你們，車資加兩百同意嗎？」

「兩百？敲竹槓搶人啊！」痞子尖叫。

「同意、同意。」巴弟把錢給老闆，趁老闆去發動車子，警告痞子。

「痞子，你知道用走的要走半天有多累嗎？何況這麼多東西怎麼扛？人家老闆已經很好心了，等下路上你最好閉緊鳥嘴，

別害我們被趕下車。」

　　老闆車子發動鎖上店門，載著巴弟們出發，車子經過飯店門口，馬路中間卻有人招手想搭便車。

　　老闆停下車子說：「我沒權利作主，要看小朋友意思。」

　　巴弟一看原來是早上趕他走的兩名賣草藥中年男子，巴弟心想，那兩人雖然非常無禮，但老師說助人為快樂之本於是選擇原諒說：「那就請委曲一點坐在後面。」

　　兩名嚼著檳榔賣藥人，又哈腰又點頭堆著笑，背著簍子裡草藥上了車。

　　車子卯足全力，噗噗冒著黑煙，繞著山路盤旋而上，約過四十分鐘，巴弟說：「老闆我們到了，請停車，請問這兩位先生……」

　　「嘿……我們住在附近，我們也下車，嘿……謝謝、謝謝。」

　　巴弟把補給品搬下車，和老闆及賣藥男子揮手再見，小發財車調頭輕鬆開下山，不一會就失去了蹤影。

　　巴弟見賣藥男子離開後，就和麗莎、阿勇奮力將補給品死命拖到大樹後藏好。

　　巴弟手裡拿著兩盒雞蛋，巴弟說：「我們把東西藏好，然後分批把食物搬回我們小竹屋，我們先搬……」巴弟話未說完，突然一陣粗暴聲音從巴弟身後響起。

　　「別動！手舉起來，亂動就一刀砍死你。」

　　巴弟被突發狀況嚇了一跳，雙手舉起一鬆，砸壞了兩盒雞蛋，接著聽到咻咻咻三聲，一聲飛到樹上，兩聲鑽進草叢。

　　巴弟轉頭一看，原來是那兩個賣草藥中年男子，他們露出

猙獰面目，手中揮舞著柴刀。

「你們……要……要……幹嘛……」巴弟嚇得臉色發白。

「幹嘛？嘿……把錢拿出來孝敬大爺們，快點！不然砍死你。」

「我……我沒錢。」巴弟退了兩步。

「沒錢？少給我裝蒜，我們注意到老太婆給了你不少錢，你要自動拿出來，還是我來搜？」

不等巴弟回答，另一個鷹鉤鼻男子已經一把將巴弟腰上布巾搶去。

「嘿，還有七千多元，褲袋裡還有沒有？」鷹鉤鼻看巴弟身著一條丁字褲，外面兩片小布遮著並無口袋，就將巴弟用力一推，巴弟跌倒在地。

「你們……你們大人怎麼可以欺侮小孩？你們行為有如強盜，我要……」

「你敢！把我們惹火了就砍死你，反正在這樹林誰也不知道，記住！這是你孝敬我們的，要是膽敢報警，下次碰到一定做了你，聽到沒有？」蒜頭鼻胖子揮著柴刀。

兩名男子把布巾往地下一扔揚長而去。

巴弟心情難過蹲在地上，他無法理解大人為什麼那麼壞？

「別難過了，以後別隨便讓人搭便車就好。」阿勇安慰著巴弟。

「還好食物沒被搶走，不然就真的挫賽了。」麗莎拍拍巴弟肩膀。

巴弟默默整理兩盒摔破的雞蛋不發一語。

「可惜酷魯不在，否則一口咬死那兩個老王八。」痞子生氣

揮著雙翅。

「對哦！趕快拿吃的給酷魯，搞不好已經餓掛了。」巴弟打起精神提著食物和退燒藥，匆匆走進小竹屋。

「酷魯，酷魯！快起來，看我給你帶大餐來了，嗬呵——」

酷魯聞到牛排香味眼睛一亮，口水已經滴了一下巴，巴弟幫牠打開餐盒，酷魯將它掃個精光。

「巴弟，山洞有人講話。」酷魯伸舌將嘴唇舔了一圈。

巴弟摸摸酷魯額頭，拿了十粒退燒藥叫酷魯吞掉，酷魯拒吞說：「吃了大師父的草藥，已經完全好了，呵……」

「真的沒問題，病好了？」

「呵……騙你幹嘛，吃飽了就像一尾活龍。」酷魯食指用力往空中戳去。

「真的一尾活龍？」

「嗝！真的一尾活龍。」酷魯打了一個飽嗝拍拍肚子。

「好！阿勇，帶活龍去把補給品搬回來，記得帶兩個大背袋，最好一次就都搬回來，今天大家累了早點休息，明天我們把竹屋蓋到樹上比較安全。」

夜色很美，淺塘中映著天上一輪明月，瀑布有銀色反光，像噴泉一樣濺起的小水花，有無數負離子飄浮在空氣中。

潺潺的水聲伴著秋蟲鳴叫，涼爽的風兒使人肌膚有舒適感覺，孩子編織著甜美的夢，夢裡的媽咪會講著故事輕唱著催眠曲。

9

搭建樹屋

　　第二天一早巴弟把大家叫醒，吃過鮪魚罐頭煮的鹹稀飯，巴弟們唱著快樂的歌謠搭著樹屋。

　　「拆了舊屋蓋新屋唷，

　　　大樹中心先淨空唷，

　　　嗨唷——嗨唷——嗯嗨唷——

　　　四周固定大木頭唷，

　　　吊起竹子當橫樑唷，

9 搭建樹屋

　　第二天一早巴弟把大家叫醒，吃過鮪魚罐頭煮的鹹稀飯，巴弟們唱著快樂的歌謠搭著樹屋。

　　「拆了舊屋蓋新屋唷，
　　　大樹中心先淨空唷，
　　　嗨唷——嗨唷——嗯嗨唷——
　　　四周固定大木頭唷，
　　　吊起竹子當橫樑唷，
　　　嗨唷——嗨唷——嗯嗨唷——
　　　屋頂茅草要綁牢唷，
　　　下雨屋內不漏水唷，
　　　嗨唷——嗨唷——嗯嗨唷——
　　　編好牆壁和地板唷，
　　　水果食物掛滿樹唷，
　　　嗨唷——嗨唷——嗯嗨唷——
　　　上來要爬繩索梯唷，
　　　下去好像溜滑梯唷，
　　　嗨唷——嗨唷——嗯嗨唷——
　　　不怕辛苦不怕難唷，
　　　小小年紀志氣高唷，
　　　嗨唷——嗨唷——嗯嗨唷——
　　　衛生習慣很重要唷，
　　　媽媽不在靠自己唷，
　　　嗨唷——嗨唷——嗯嗨唷——」

　　樹屋在巴弟指揮下大家分工合作，從早上工作到黃昏，終於快樂完成，巴弟看著樹上掛滿各種水果、香腸、臘肉及自製熏魚還有大骨頭，心裡覺得好踏實。

　　「等下！還得在樹幹綁上尖竹，讓會爬樹的大蛇、黑熊、雲

豹上不來，另外用繩子綁幾串空鐵罐當警報器，萬一有入侵者進入，會發出音響提高警覺。

晚上睡前把繩梯收回，萬一有緊急狀況，咱們把這張木板跨到對面山洞，說跑就跑。」巴弟對樹屋的保全系統感到滿意。

接著又和夥伴們合力將一支比人粗的塑膠管架在水塘上：「嘿，從樹屋架到池塘當滑水道，再綁五條繩子做鞦韆，以後一人一條不用搶。」

「呀呵——有吃有玩像住在兒童樂園一樣，讚啊——」阿勇握拳歡呼。

「呀呵——小飛俠來了！」痞子張開翅膀從塑膠管滑進水塘。

酷魯學著超人，雙拳一前一後，嘴裡含著香瓜，噗通一聲滑進水塘。

阿勇伸直雙拳學原子小金鋼衝進水塘，然後抓著繩子學泰山在水塘上盪著。

「阿勇，拿竹竿幫我把橡皮軟管拉高點，千萬別浸到水裡害我嗆到。」巴弟含著一根長長的橡皮軟管。

「幹嘛？」

「我潛下去抓毛蟹。」

「正點！又有巴比Q可以吃了。」

麗莎天生怕水，巴弟讓牠躺在塑膠盒裡，麗莎腳上掛著一串葡萄，悠哉的用手潑著水，夕陽透過雲層折射將彩霞灑進池塘，形成一個彩色的夢幻世界。

10

擊退黑熊幫
老大

　　還不到三更天，鼓著氣囊的蛤蟆大師就起床苦修，呱呱呱
朗誦著金剛經，大徒弟金龜子遶著大樹跑香愈遶愈快，期待即
刻開悟。二徒弟螳螂瞪著大暴眼，雙手交叉抖動勤練外丹功。

　　「地……地震……」麗莎睡眼惺忪的坐起。

　　「睡吧，是風在搖樹。」巴弟翻了一個身，麗莎躺了回去，
才躺下麗莎又彈起：「地震！快跑！好強的地震。」

　　阿勇眉頭皺起、攤開雙手：「天啊！是怎樣。」

　　巴弟一躍而起：「不是地震，瀑布那邊沒搖，難道是……」
巴弟趴著往樹下望去，天色尚暗什麼都看不清楚，但看到一個
白色V型影子在樹下晃動。

　　巴弟點燃火把往下照去，看到一隻大黑熊正抱著樹幹搖
晃，口中發出駭人吼聲。

巴弟一驚趕緊搖醒酷魯：「酷魯，快起來！發生狀況了。」

「幹嘛……ZZZZZ——」酷魯大病初癒睡得很沉，口水流了一地。

阿勇揪著酷魯耳朵，麗莎拔著酷魯鬍鬚，巴弟拍著酷魯面頰，倒是把酷魯懷裡的痞子吵醒了。

痞子朝酷魯頭用力巴下：「死狗又做水災了。」顯然痞子還不知道發生什麼事，撥著被酷魯口水沾濕的頭毛。

酷魯打著哈欠，張著死魚眼：「怎麼了……啊，地震，快跑。」

「不是地震，是……」巴弟雙手拉住酷魯尾巴，手往樹下指。

酷魯趴下身：「喂！你誰？要亂也等天亮再亂吧！喂——大狗熊你想怎樣？」

「酷魯快架好木板，大家從山洞下去，動作快！不然被大狗熊搖下樹，摔成腦震盪就慘了。」巴弟拖著木板說。

巴弟一行從山洞繞下去，酷魯拍著大黑熊背大聲問：「喂！大狗熊！你倒底想幹嘛？」

黑熊狂吼一聲，回頭一掌掃來，將酷魯打個正著，酷魯被掃出好幾步遠，胸口遭到重擊差點悶厥。

巴弟迅速將酷魯扶起說：「不可和牠正面衝突，牠的手臂粗得像電線桿，只能智取。」

「嗒——」的一聲，阿勇拉著彈弓正好打中黑熊鼻子，黑熊一痛兇性大發，狂吼一聲朝巴弟撲來，巴弟扭身就逃，酷魯側身一躍撲向黑熊，張口往黑熊脖子咬去。

黑熊扭身一掌劈下，酷魯摔到地下，黑熊朝酷魯走去，雙

掌將酷魯高舉過頭，準備朝樹幹砸去，巴弟舉起木棍朝黑熊後腦大力夯下。

「咔嚓！」木棍斷成兩截，阿勇跳到黑熊背後，麗莎坐在黑熊脖子，巴弟搶到機會兩手捏住黑熊蛋蛋，酷魯被舉在空中自身難保。

麗莎抓著黑熊臉不痛不癢，阿勇在黑熊背上亂踢亂打有如搔癢，只剩巴弟死命捏蛋有點牽制作用。

但這短暫恐怖平衡馬上就會被打破，只要黑熊牙根一咬，將酷魯往樹砸去，接著一掌劈碎巴弟腦袋，再來收拾阿勇和脖子上的麗莎，眼見情況愈來愈危急。

突然空中漫起一片白粉：「天女散花！接招！」痞子施展輕功往黑熊眼前躍過，再從腋下對準黑熊眼睛撒去，頓時黑熊、麗莎、酷魯、阿勇、巴弟全都一聲慘叫。

原來痞子抓了兩把防蛇石灰粉朝黑熊撒去，結果每個眼睛都痛得睜不開，黑熊雙掌一鬆，酷魯摔倒地上，趕緊跳到池溏洗眼睛。

巴弟、麗莎、阿勇幸好不嚴重，潑水洗眼即無大礙，大黑熊雙眼無法睜開，痛得盲目揮打大吼大叫。

巴弟見機不可失，迅速拿出預藏繩子，打了一個活結將黑熊絆倒，然後合力將黑熊綁到樹幹，黑熊兩眼撒進石灰，痛苦哀嚎求饒。

「我問你，我們跟你無冤無仇，你為什麼搖樹傷害我們？」巴弟雙手插腰。

「我只搖樹，沒有傷害你們。」黑熊掙扎著無法動彈。

「還狡辯，搖樹做什麼？」

「把水果搖下來吃啊，我看到好多各式各樣水果，我以為是野生的，誰知道是你們種的。」

阿勇跟巴弟比了個阿達手勢，巴弟皺緊眉頭：「你只是要吃水果並不想傷害我們？」

「對啊！誰會想到人會住到樹上，又不是猴子。」

阿勇聳肩，酷魯朝巴弟兩手一攤。

「如此說來這是一場誤會，怎麼辦？各位，放了牠怕牠傷害我們，不放又於心不忍，真傷腦筋。」巴弟背著手踱步思考。

「簡單！綁牠兩個禮拜，肚子上鑽個小洞插根吸管，咱們輪流吸膽汁，吸到牠沒膽再也不敢來搗亂。」

「這點子不錯，挫賽，虧你想得出這麼卑鄙的手段。」花貓麗莎朝痞子豎大拇指。

「要不把牠那兩個蛋割下來，浸酒還可以壯陽。」阿勇睜大眼睛興奮說。

「萬萬不可，各位英雄我實在是餓昏了，才會冒犯到你們，請饒了我快幫我鬆綁吧，不然我的眼睛要瞎掉了。」

「發誓不再搗亂？」巴弟不忍。

「發誓、發誓，絕不搗亂。」

「好吧，放了牠，給牠鬆綁。」

一鬆綁後，黑熊趕緊跳到水裡沖洗眼睛，洗好眼後兩隻眼睛腫得像鹹蛋超人，巴弟拿了兩個木瓜及一籃香瓜送牠。

黑熊狼吞虎嚥吃飽後，感激說：「以後如果有難，可以大聲喚我，我一定會過來幫忙。」

「要怎麼喚你，你叫什麼名字？」巴弟問。

「歐——嗚——歐嗚——歐嗚——歐——是不是這樣？」

酷魯像吹狗螺。

「呵……學得像泰山，我叫黑山，在這山區小有名氣，有人找你麻煩，可以報上我的名字。」黑山大力拍著如電線桿粗，刺了一個骷髏頭的左臂。

「黑山，謝謝你，既然大家是朋友，有空請過來玩，下次我下山採購，會買些蜂蜜請你吃。」

巴弟為交到一位新朋友而高興，黑山走後巴弟對著大家說：「今天痞子功勞最大，若不是痞子急中生智，我們可能就全掛了，所以開瓶香檳來慶祝，大家舉杯敬痞子，並聽聽看牠是怎麼想到撒石灰這一招的。」

痞子覺得十分榮幸，清清喉嚨唱著：「巴弟的問題是很妙的——讓我慢慢來告訴你——急中生智是不容易的——全靠平常磨練的——第一先要……」

「謝——謝——你——」阿勇、麗莎、酷魯一起合唱。

「你們什麼意思，我都還沒開始講。」痞子張開雙翅。

「好，為了獎勵痞子，痞子放五天榮譽假不用洗碗。」

「來，敬痞子，乾杯。」大夥杯子和痞子輕碰。

「咦？喝酒會醉，怎麼一點感覺都沒有？」巴弟拿起酒杯看著。

「你買的是香檳汽水不是香檳酒，文盲。」阿勇拿起香檳汽水瓶說。

難怪一點酒味都沒有，阿勇，你忘了我們還買了包煙，去拿來一人一支，我還給酷魯買了根雪茄，酷魯含在嘴裡，一定很有派頭像個董事長。」

酷魯含著雪茄果然像個大老闆，巴弟將肥皂水混著甘油，

拿撈魚的空魚框，讓晨風吹出一個又一個大泡泡。

巴弟叫痞子停在空中別動，將空魚框沾滿肥皂水，往痞子身上輕輕繞過，痞子被五彩繽紛的大泡泡包住，像隻水母又像個透明的太空盔隨風飄。

阿勇滑著水道，酷魯練習跳水，麗莎四隻腳和屁股，各綁上一個空保特瓶，做著晨間仰泳，這是個充滿歡樂的早晨。

「吃飽我們去見見大師父，酷魯也該當面跟他道謝，不過他的身世成謎，大夥要謹慎一點，最好由我來套他的話，萬一他是殺人犯，我們就得快溜，否則會被滅口。」

「要吃過早飯再去嗎？」酷魯問。

「今天吃養生餐，餓的人吃水果，順便帶一些給大師父吃。」

「挫賽，又是養生餐，要不就罐頭餐，再不然鹹稀飯，連煮個竹筒飯都燒成咖啡飯，這種爛手藝也配當大廚。」麗莎碎碎唸著。

「呵呵……別抱怨了，能吃飽飯就已經很幸福了。」

「大師父——大師父——」巴弟走近大師父的水塘就大聲喊叫，可是沒有任何回應。

「奇怪會到哪去？」阿勇問。

「啊！我看到他了，他在山頂。」痞子揮著翅膀。

「有耶！好像在打太極拳，大——師——父——」巴弟們對著山頂叫喊。

「大師父在跟我們招手，我們過去吧。」巴弟揮手。

「大……大師父……好喘……大師父您沒事爬這麼高幹嘛？而且從這個角度望下去，萬丈深谷好恐怖，看得我腳心發

軟。」巴弟站在一處懸崖邊往深谷望去，心裡一驚縮回身子。

「這個大個就是酷魯吧，身體復原了嘛，壯得能鬥得過一隻老虎啊。」大師父摸摸酷魯頭，酷魯被大師父讚美，高興傻笑。

「大師父，您在練功啊，能不能教我們幾招四兩撥千金祕技？」

「呵……當然可以，練功之人要有過人膽識，並且要能吃苦，如此持之以恆，必能成為武學佼佼者，莫說是山豬，就算是黑熊，你們也能輕易將牠擊敗，問題是你們可有決心？」

「有——決——心——師——父——」巴弟們排成一排大聲回答。

「很好，有沒有膽識？」

「有——膽——識——師——父——」

「最重要的是不是百分之百信任師父？」

「百——分——之——百——信——任——師——父——」

「真的？」

「真——的——師——父——」

「好！大家站過來面對深谷，我喊一二三就往下跳，大家都準備好了嗎？來，一——二——三——跳。」大師父下著命令。

巴弟五人抱成一團，縮在一角死也不跳，巴弟嚇得心想：「完了，大師父狐狸尾巴露出來了，他要我們跳崖自殺，我們真是自投羅網，慘了！這下死定了。」

「呵呵……不是才說百分之百信任師父？好！你們不敢跳，師父跳給你們看。」大師父說完張開雙手，縱身一跳不見了蹤

影。

「挫賽，老傢伙瘋了，真跳下去自殺了，哇！幾百公尺深不見底，我們快溜！免得說他被我們害死的。」花貓麗莎探頭往深谷望去。

「軒——轅——十——四——」巴弟們正要溜走，空谷傳來大師父呼聲，聽得巴弟們頭皮發麻。

「變……鬼鬼了……媽媽咪呀……」痞子抱緊巴弟小腿。

「大師父，您在哪……哪……您上天堂了嗎？」巴弟望向天空。

「我——在——你——後——面——」大師父聲音迴盪久久不去。

巴弟們轉身跑到山頂後側往下望去。

「真的是大師父，他沒死還跟我們招手耶，太玄了，會不會是妖術？」阿勇比出劍指抵著額頭。

「跳——下——來——別——怕——」大師父大聲喊叫。

「不幹……打死也不幹……大家快……溜吧……」巴弟牙齒打著寒顫，正待轉身。

「怎麼要走了？不是要學四兩撥千金祕技嗎？」大師父不知何時已站到巴弟們後面。

「阿娘喂……大師父……您是人……還是鬼……」巴弟五人嚇得抱成一團。

「呵呵……不要怕，師父當然是人啊。」

「啊，真的，有影子，大師父為什麼您沒摔死？您是施了法術吧？」巴弟指著大師父地上的影子。

「呵呵……怎麼跟你們解釋，你們也不相信，唯一就是勇

敢去體証一下，來！我們六個手牽手一起往下跳，師父保證，你們就像跳在飛毯上，絕對安全。」

「大師父，您先跟天津四跳一次，我們再跳。」巴弟說。

「為什麼拿我做實驗，萬一摔死了怎麼辦？」痞子抗議。

「挫賽！我還沒聽過有鳥摔死的，你長翅膀是幹什麼用的？」花貓麗莎爪子敲敲痞子頭。

「好吧，那我就抱天津四跳一次，給你們大家信心。」大師父話聲才落，就聽到痞子淒厲叫聲。

「救命啊——啊——啊——啊——」

巴弟不知痞子是否掛了，探頭望去只見萬丈深谷。

「巴弟，我在山後面，快過來看——」巴弟往後跑去，痞子在大師父腳邊跳著。

「痞子你飛上來，告訴我們怎麼回事？」巴弟揮手。

痞子飛上來興奮的說：「奇妙極了，這座山往下五十公尺，有個山洞與另一個山洞相通，往下墜落到了洞口，就會被一股強大氣流吸進山洞。

因為另一頭山谷比這頭更深更大，造成氣流不對襯而產生一股天然吸力，像吸塵器般將通過物質，統統吸進山洞。

而這一端因為凹進去，所以從山頂望下，只見萬丈深谷而無法發現這個秘密，走！我們五個手牽手一起跳。」

巴弟們點點頭，閉著眼互相牽著手往下跳去，只聽到颯颯山風在耳際響起，嚇得全身起雞皮疙瘩，不到兩秒果然被一股強大力量，吸進山洞並跌坐在地。

「大師父，您怎麼會發現這個秘密？」巴弟拍拍屁股站起。

「說來話長，以後再慢慢告訴你們，現在我帶你們去一個更奇妙的聖地，那才真是鬼斧神工令人感動呢。」

「聖地？」巴弟按著腦袋露出複雜表情。

「沒錯，那的美麗若用盡世間語言，都無法形容它的美於千萬分之一，你們跟我走，小心頭頂的鐘乳石撞破頭。」

巴弟們跟隨大師父，在山谷行約一百公尺到了另一個山洞，大師父在洞口岩壁取出一支火把並將它點燃，頓時山洞亮了起來。

大師父在前面帶路，語帶禪機說：「千年暗室一燈即明。」

「師父，什麼意思？」巴弟低下頭閃避頭頂鐘乳石。

「呵呵……表示我們的心，無論有多少無明煩惱，都可用智慧火炬照破它，無明既破智慧現前當下解脫。」

巴弟表示不解，大師父說沒關係，以後慢慢就會明白，巴弟隨著大師父在黑暗山洞行約半個小時，突然大放光明，巴弟們到了另一座山的山谷。

「大師父，這麼長的山洞是人工開鑿的嗎？」

「呵呵……人力哪有辦法！這可能是幾千萬年前，被海流慢慢穿鑿成洞，你們看這山壁上還留有貝殼化石，這正所謂滄海桑田難為水，除去巫山不是雲吧。」

巴弟不明白大師父意思，但從表情和語氣哀傷，巴弟覺得大師父似曾失去了什麼最寶貴的，巴弟說不上來，但此刻巴弟被另一片洞天，吸引得目瞪口呆無法言語。

魔幻仙境

　　首先映入眼簾是一顆像祖母綠的翠綠深潭，東邊高大茂密紅楓葉，像一團烈火燒著漆黑樹幹。

　　成片山毛櫸經長年固定風向，使枝椏披向同一方向，有種線條流暢之美，滿樹枝葉如條理分明的黑紅編織地毯，在潭邊像野火般擴散。

　　樹齡古老緋櫻花正繁花纍纍怒放，山風輕拂如雨般花海，搖落一地粉紅，軟條海棠滿樹雪白，被風一吹如楊柳般搖曳，呈

現一片夢幻般華麗，讓人無法分辨它的遠近層次。

數株紅杏如美人般一色艷紅，點綴在粉紅櫻花與雪白海棠間，山崖峭壁遍滿墨綠冷杉與雲杉，那滿山不同層次的綠與紅，顯得色彩格外繽紛壯闊。

青青草地，潔白的蒲公英和整片油麻黃，像下圍棋般一圈圈互相包圍著，形成一個個有趣幾何圖案。

一片原生杜鵑，像狂野合唱團，將綠色樹葉脫光，獨剩一樹繁花怒放。

另一處斜坡長滿成片薰衣草，像一片紫色海洋隨風起伏，巴弟十分不解，是否因為山谷氣候常年保持春秋兩種季節的緣故，所以可以同時欣賞到楓葉與櫻花同時展現的美。

潭水倒影呈現一座七彩花園，潭中有悠閒水鴨及白鷺鷥，爭相表演躍水的魚兒，此起彼落濺起水花，連在草叢覓食竹雞，都顯得如威雀般優雅高貴。

巴弟看得出神，忽然天空暗下變成一片漆黑，有如夜晚切掉房間電源，接著一場傾盆大雨，快速得令人來不及躲避，巴弟快步跑回山洞，才一轉身一場雷雨竟然說停就停，烏雲迅速散去。

巴弟抬頭望向天空，天空彷彿有群精靈在做工，祂們不停變換著天幕，這頭烏雲才剛褪盡，那頭已拉出一道彩虹，像一座拱橋跨過兩座山峰，由於山谷產生迴旋氣流，造成天空雲彩千變萬化，像萬花筒時而靜止時而流動。

氣勢磅礡、光彩斑斕的光雲，拉出一道彩虹，更在彩虹下譜出一片光縵，以粉、紫、金黃柔和彩筆，塗滿彩虹下的圓，此刻彩虹成了一張彩色圓形的網。

　　接著彩虹上又出現一個光彩奪目的日輪，它是個雲影光輪，來自日光折射而成，有時它只是個七彩小圓，有時圓裡有尊滿戴瓔珞、莊嚴無比的菩薩。

　　巴弟目瞪口呆，突然！像是拋來數道如金蛇般飛繩，一下子把整座天幕憑空拉走。

　　天幕一下變成萬里無雲的湛藍，山谷中潭水在藍天映照下，瞬間成了一顆鑲在群山百花中的藍寶石，水波紋動如鑽石般，射出耀眼光芒讓人睜不開眼。

　　由於山谷氣流不穩定，因此天空雲彩不停產生變化，形成氣象學中積雨雲、卷積雲、莢狀雲、山帽雲及水母雲等，巴弟看潭中那顆藍寶石消失，就知道天幕又要起新變化。

　　巴弟咋舌，天空飄來一根雪白羽毛，那羽毛本如一瞥輕鴻，卻逐漸厚重且快速變化成了白天鵝，巴弟將拇指與食指反扣成菱形角框，由框中望去，那隻天鵝已變成一隻纖細修長打著手印的菩薩手。

　　接著「啵！」的一聲像彈出一粒石子，手印化為祥雲萬朵，像滿天降落傘，像地上盛開蒲公英，像海洋不計其數水母，這正是卷積雲的特色。

　　由於剛才一陣驟雨，氣溫明顯下降，天空卷積雲褪去，換成像黃昏的晚霞，天頂有強烈金光穿透而出，像調色盤將原本紅黃色，攪拌成乳白杏仁色，並不規則淋上焦糖，整座山谷混合著香草與奶香。

　　金色陽光漸漸增強如高溫烤爐，將天頂水氣熱情蒸發，色溫開始增高，天空色彩漸由紅黃色系轉為藍白色系，最後定為萬里無雲湛藍。

巴弟仰望光雲變化意猶未盡，心想若能登高由高處望下，這片夢幻般雲海定會美的讓人感動。

　　巴弟回頭，看大師父正雙眼微閉，動作優雅推著太極，而阿勇和痞子他們已在遠處一大片斜坡上玩著滑草。

　　巴弟跟著跑去，但是眼前一座森林阻隔，巴弟不知該如何到達痞子他們那裡。

　　大師父像有他心通，又能千里傳音說：「不必擔心迷路，你只要進入通往滑草區的山洞，一路上有記號指示，就不會迷路了。」

12

山洞裡的妖怪家族

　　巴弟懷著一顆忐忑不安的心進入山洞，一進洞發現洞內一片漆黑，若不注意很容易絆倒，幸虧大師父告訴巴弟山洞口有支火把，巴弟點著火把高舉照路，發現每條小徑分叉處，都有石子在地上堆成一尺高的記號，巴弟知道這是阿勇他們刻意留下的記號。

　　洞內非常寬闊，洞頂垂著鐘乳石並有許多造型奇特，像女王頭、駱駝、老鷹、老虎等巨石摻雜其間，洞內溫度十分涼爽，

地上有些小水灘，洞頂水滴「嗒嗒」滴著。

　　巴弟在洞內走著，總覺身後有人跟踪，巴弟多次猛然回頭，終於被他發現一個渾身綠色約一百公分高的妖怪，很快地一閃又失去了踪影。

　　巴弟心中愈來愈怕，怕被妖怪抓去吃掉，巴弟試著大聲呼叫痞子名字，每次叫後卻像驚動了更多妖怪隱藏在後，巴弟愈走愈毛也愈走愈後悔，後悔不該進這妖怪洞。

　　巴弟走到一個三叉路口，看見指示路標的石子倒在地上，巴弟不知什麼意思，突然！巴弟被三隻妖怪圍住。

　　妖怪身材矮壯，但都孔武有力，單看他們單手舉起一支十公斤重，表皮像榴槤外殼有許多尖刺的狼牙棒，就知道他們臂力驚人。

　　這三隻妖怪是兄弟關係，老大叫阿魯巴是隻獨眼怪，眼睛只有一隻卻有大碗那麼大，長在臉部中間，特別的是一隻眼睛內有兩個瞳孔，皮膚綠色、眼睛藍色，脖子纏著一條兩個頭的黃金蟒當他寵物，也當他的領巾，圍在脖子上頗有特色算是型男。

　　此雙頭蛇長相怪異，一個頭藍色叫阿里，另一個頭綠色叫阿豆，兩個總是意見不和，一個要往東，另一個偏要往西，還把身上刺滿心型圖案，看起來油頭粉面，像個風流的花花公子。

　　始終讓巴弟擔心的是此怪頭部特大，像頂了一個大西瓜有點頭重腳輕，他的下巴有顆痣，像粒龍眼子那麼大，痣上有幾根老鼠鬚。

　　若有誰敢問大妖怪為何名叫阿魯巴，阿魯巴就要跟誰打架，原來根據妖怪祖先傳下來的規矩，當嬰兒出生時，不論做

父親的在那一刻，當他第一眼看見什麼，那什麼就當孩子的名字，而且是絕不能說謊，因為他們相信祖靈看得很清楚，知道他們有沒有說謊。

　　一野大師是名藝術家，無論作畫、製茶、料理燒烤都堪稱達人，尤其是他最得意的烤肉割包，只要站在山腳下就聞得到

他獨特的醬汁，乃至整座山頭散發出迷人令人忍不住猛吞口水的烤肉香。

　　某天一野大師正在烤肉，族中一群孩子正玩著遊戲，其中四名男孩分別抓住一名男孩手腳，並張開男孩雙腳往樹幹撞去，玩著名叫阿魯巴的遊戲，巧的是一野大師孩子出生大聲啼哭時，一野大師正好看見這群孩子正玩著阿魯巴的遊戲，於是阿魯巴只好叫做阿魯巴了。為了這個名字阿魯巴埋怨一野大師，為何不在他出生那天看天空，就算沒看見飛鷹也可看見閃電，好歹都是男子漢的名字，一野大師也滿腹牢騷說，萬一看見閃電被雷劈怎辦？總不能為了要一個英雄名字不管老爸死活，何況一野大師也有一個更糟的名字叫小搞搞，一野大師問他爸，他出生那天到底在搞什麼？他爸死都不說，為此族中八卦傳的流言滿天。

　　直到一天，一野大師長大成人婚後至深山採藥，碰見傳說中的雪怪，嚇得一野大師三魂嚇跑了七魄，從此講話變得口吃，講話總是咧嘴閉眼「一野——一野」，讓人聽了難過，從此以後族人改叫他一野大師。

　　一野大師的老婆生第二個孩子時，一野大師正在睡覺，孩子呱呱落地時，三更半夜黑漆漆的什麼都沒看見，不知該取什麼名字，族中祭司說夢裡夢到什麼也可以當名字，一野大師搖頭表示沒做夢，祭司傷腦筋說總不能沒名字，再想想譬如飛鷹、黑豹、閃電都是很男子漢的名字，是不是考慮選一個來用？

　　一野大師閉眼咧嘴，高興對祭司說：「一也……好……」，祭司拍著他的肩說：「一野好——」名字非常有特色，虧你想得

出這麼有內涵的名字。一野大師的老婆問一野大師，怎會取了這麼有詩意的名字？一野大師苦著臉說：「祭司說飛鷹、黑豹、閃電都是很男子漢的名字，是不是考慮選一個來用？我是說：『也——好』誰知他聽成一野好。」

　　一野好若不是下巴有兩顆痣，很容易被認做是阿魯巴，倒是他有一隻很特別的寵物，像隻短腿臘腸狗，卻有著兩個頭的老鼠，奇特的是兩個頭的顏色不同，一個黑頭另一個白頭，若不是被一野好拿繩子鍊著，他們正邪惡的對著巴弟吱吱叫，爭相往巴弟腿上咬，齜牙咧嘴像瘋狗般恐怖，巴弟特別怕牠，叫牠黑白郎君。

　　第三隻妖怪叫佛朗明哥，他的下巴有三顆痣，像個過動兒蹦蹦跳跳，嘴裡吱吱喳喳沒一刻安靜，這倒符合他的名字，因為他出生時哭聲特別嘹亮，並且手腳亂踢像佛朗明哥雙手打著拍子，正熱情的跳著踢踏舞，他的父親一野大師高興的說生了一個情歌王子，就取名佛朗明哥。

　　佛朗明哥養的寵物是隻和籃球差不多大的胖牛蛙，巴弟相信這隻牛蛙相當愛國，因為牛蛙身上有青天、白日、滿地紅三種顏色，牛蛙後背是青色、肚皮是白色、面部是紅色，牛蛙可能是太肥或是太熱，坐在佛朗明哥肩上張口吐舌，肚皮肥油不停振動，狠狠的瞪著巴弟，樣子十分邪門，自稱火雲邪神。

　　三隻妖怪將巴弟圍住，嘴裡高興得呀呀叫著，巴弟見這三隻妖怪長相滑稽，光著上身，下身穿著樹葉編織的短裙，露出毛茸茸的胸毛及腿毛，巴弟見他們有一共同特徵，就是牙齒特別健康潔白，顯然他們牙膏有特別配方。

　　老三佛朗明哥將手中狼牙棒斜插腰間，手上多了把小竹

弓,竹箭差不多只有免洗筷子長,正張滿弓瞄準巴弟屁股,巴弟
嚇得拔腿快跑,老大阿魯巴取下脖子上的兩頭蛇,揚在空中揮
兩下往巴弟小腿甩去,巴弟兩隻小腿被蛇纏住跌倒,像繩子綑
住動彈不得。

　　大妖怪阿魯巴跑來,從口袋掏出一粒脆菓子獎勵兩頭蛇,

其中一隻沒事幹的蛇頭張嘴，將脆菓子咬得「咔蹦、咔蹦」響，另一隻死咬著自己尾巴不放的蛇頭，不爽的瞪著大妖怪。

大妖怪阿魯巴會過意揚起食指，拿出一粒脆果子獎賞咬著尾巴不放的蛇頭，蛇頭搖頭不肯鬆口，阿魯巴再掏出一粒脆菓子，蛇頭仍然搖頭不肯鬆口，直至阿魯巴掏出一把脆菓子，才

鬆口「咔蹦、咔蹦」的吃起脆菓子,阿魯巴拍拍兩頭蛇的頭,將兩頭蛇掛回脖子。

二妖怪一野好的寵物雙頭怪鼠,爭相往巴弟咬來,巴弟尖叫投降高舉雙手,三妖怪佛朗明哥的胖牛蛙伸出雙手,往巴弟胸前狠狠一抓再用力一擰,巴弟慘叫一聲,乳房留下兩團黑青手指印,三隻妖怪高興得又唱又跳,拿狼牙棒將巴弟挑回妖怪村。

一路上,巴弟看見許多大南瓜鏤空,裡面點著燼燭的燈、草紮的稻草人,還有許多綠色螢光蕈,像一盞盞LED小白菇在山洞忽明忽滅,又像無數小精靈頑皮的玩著躲貓貓遊戲。

巴弟知道這表示這裡的環境未受污染,才有成群的螢火蟲閃爍林間,並由螢火蟲的談話,知道今天是妖怪村喜慶的日子,到處都在張燈結綵,說是一野大師為大兒子阿魯巴到專門出產美女的另一妖怪村去提親。

三隻妖怪將巴弟像山豬倒吊在烤肉架上,巴弟仔細打量山洞,洞穴牆壁畫了些木炭畫,有飛鳥、小鹿、野兔、山羌及野豬,大妖怪阿魯巴拿著木炭邊看巴弟邊在山壁上做畫,巴弟對著阿魯巴微笑表示友好,阿魯巴也報以微笑,嘿嘿點頭。

阿魯巴畫了巴弟掛在烤肉架,下面一堆火,四周有三隻妖怪及寵物雙頭蟒、雙頭鼠及胖牛蛙等人,正圍著巴弟唱歌跳舞高興慶祝。

巴弟突然明白大妖怪何以頻頻對自己嘿嘿點頭,巴弟大叫:「我不是山豬,我和壁畫上的山豬一點也不像,我是人快放我走,笨蛋!人肉不能烤來吃!」

巴弟放聲大叫,引起三隻妖怪懷疑,大妖怪將臉湊近看個

仔細，手指戳著巴弟肚皮說：「你這隻瘦山豬別想騙我，你只是身上毛少一點，倒省了我去毛的麻煩。」

阿魯巴轉過頭喊：「你們兩個給我過來看看，免得老是功勞你們得，責任我來扛。」二妖怪一野好和三妖怪佛朗明哥靠過來，仔細看了半响，說有點像但不敢百分百確定，兩隻妖怪慎重比對壁畫上的山豬，大妖怪阿魯巴將寵物兩頭蛇往旁邊樹枝上一掛，頭尾打了一個死結。

大妖怪阿魯巴顯得十分無聊，而他叫過來的二妖怪一野好及三妖怪佛朗明哥卻像鑑定一幅世界名畫，久久未能決定真偽。

大妖怪不耐煩的在樹枝解開一條打著死結的細蛇，抓起地上一隻小烏龜順時鐘將細蛇纏繞在龜殼上，單手向下一甩，小烏龜像溜溜球一樣上下轉著，阿魯巴玩了十幾下覺得無趣，把小蛇掛回樹枝打上死結，地上的小烏龜被轉得眼冒金星，趴在地上喘著。

阿魯巴把小蛇掛回樹上，腳邊正好有隻蜈蚣一扭一扭經過，阿魯巴手指掐著蜈蚣後頸，認真數著蜈蚣是否有百足，結果令他失望，總共只有四十隻腳，蜈蚣被懸在半空覺得受辱，學著毛利土著伸舌裝出兇惡樣子，四十隻手腳並用，將胸膛打得砰砰響，阿魯巴裝出害怕，把蜈蚣丟回地上。

阿魯巴看著二妖怪一野好及三妖怪佛朗明哥久久不做決定，心上一把火燃起，拿起狼牙棒往一野好頭上大力敲下，一野好唉哼一聲，頭上起了一個大包，阿魯巴生氣道：「看這麼久還看不清楚，你存心看我出糗是吧！」

一野好脾氣也不好惹，拿起狼牙棒往阿魯巴頭上敲下，阿

魯巴頭上也腫起一個大包，一野好罵道：「他說他不是山豬，而且沒長豬哥牙，和岩壁上老爸畫的不太像，而且老爸和老媽去為你提親只交待我們好好看守這個家，誰叫你這麼愛現，硬要抓隻山豬當聘禮。」

三妖怪佛朗明哥跟大妖怪感情不錯，打著圓場說：「這隻山豬又瘦又臭，萬一不是山豬沒人要吃，那不是白烤，老媽他們會罵我們浪費食物不惜福。」

阿魯巴抓抓頭說：「嘿……還是佛朗明哥講的有道理，不像一野好巴不得看我笑話，讓我娶不成老婆。」

阿魯巴鼻孔湊近一野好大吼：「黑心肝——」

一野好往臉上抹去阿魯巴噴出的口水，掄起狼牙棒就要和阿魯巴打架，巴弟被吊在烤肉架上唉唷大叫：「別打了，放我下來，救命啊——救命啊——」

巴弟不停喊叫造成很大噪音，整座山洞都是回音如魔音穿腦，佛朗明哥制止不了，假裝舉起狼牙棒往巴弟頭上夯下，巴弟嚇得喊叫更大聲，三隻妖怪被吵得受不了，卻又拿不出法子令巴弟住嘴而紛紛抱頭。

突然！洞穴頂上獨角仙的鬚角一明一暗閃著訊號，接著黏在壁穴上的蝸牛角也嗶嗶嗶——放著電波，大妖怪阿魯巴對著巴弟大吼：「閉嘴！我有電話來，再鬼叫一棒子夯扁你！」

巴弟聽不清阿魯巴說什麼，還在大呼救命，這種狀況有如碰到嬰兒啼哭不止時，最有效的方法就是把媽媽的奶頭塞進嬰兒嘴裡，馬上就有止啼效果。

果然！巴弟停止了鬼叫，他的嘴裡被胖牛蛙塞進了一個柳丁。

阿魯巴抓起一隻蝸牛放在耳邊：「喂！是老爸還是老媽？喂——喂——」

阿魯巴收訊不佳，對著手中蝸牛大罵：「什麼智慧型手機，爛牌子——」阿魯巴把手中蝸牛用力扔出山洞，重新往壁穴上抓了另一支蝸牛。

阿魯巴餵了半天，還是聽不清楚，又被阿魯巴扔出山洞，三妖怪佛朗明哥抓來一隻蝸牛給阿魯巴說：「老大，這隻吃小米長大的挺不賴，試試。」

阿魯巴抓了另外一隻說：「其實我挺喜歡這隻沒爹沒娘照顧的蝴蝶機，它懂得用功上進。」

阿魯巴將兩隻蝸牛抓來，吸盤碰在一起合體，洞穴壁上出現了一個超大螢幕，螢幕內擠了一堆大大小小的妖怪。

阿魯巴的爸媽在揮手跟大家打招呼，巴弟看了想笑，因為他倆和妖怪三兄弟長得可真像，只是年紀稍老，阿魯巴的老爸一野大師多了一撮鬍子，和親家公一樣穿著薄紗長禮服，有如中國古代大官一樣威風，飄逸中帶著穩重，只是頭上扒著一隻烏龜當帽子，說不出是新潮還是創意。

尤其親家公頭戴南瓜帽，手中搖著一支白鴨毛扇，更顯出親家公是位學貫中西、通曉古今的大學問家，眼睛散發出睿智的光芒，深具威儀。

親家母妖怪十分時髦，從她穿著打扮看得出來，一野大師夫人說：「兩家都結為親家了，稱呼上就別那麼見外了，就叫我泡麵媽吧！嘻……真討厭，這頭頭髮天生就鬈，沒辦法，遺傳的，唉！鬈就讓它鬈吧！」

「鬈得可愛呀！哪像我頭髮直得像鋼絲，人家都叫我米粉

妹，嘖！現在該叫米粉婆了，歲月不饒人啊！一轉眼孩子都大了，得為他們找親家了，哈哈哈！」米粉婆笑得渾身扭來扭去，像剛撈上岸的花枝。

米粉婆很懂得打扮，直直的米粉爆炸頭，紮上一小撮金色玉米鬚，玉米皮編織的短裙上，繫條翠綠青竹絲蛇腰帶，手腕戴串金龜子和小瓢蟲紅綠混搭的手環，脖子上是一串白蝸牛蛋和福壽螺的蛋，串成紅白相間的珍珠項鍊，全身上下全是自然美。

米粉婆兩隻耳朵各夾了一隻黃金蛤蠣耳環，再搭配一件絲質沙龍，走起路來一搖三擺，遠遠望去像隻河馬，正符合了妖怪界肥就是美，頭大就是帥的審美標準。

泡麵媽身上沒什麼華麗打扮，只有手指戴了隻小青蛙戒指，其實這種青蛙戒子，早在二十年前流行過了，現在和親家米粉婆站在一起，倒顯得十分土氣與寒酸。

米粉婆世故又體貼的握著泡麵媽的手說：「您瞧瞧，親家母這隻青蛙戒子多翠綠啊！牠是隻招財戒吧，您看牠兩眼多滴溜多靈活啊，老公！」

米粉婆的老公是位教授，耳朵有點重聽，只顧吸著玉米皮捲成的雪茄，沒聽到老婆跟他說話，米粉婆用手肘撞了一下教授老公，老公趕緊從口袋掏出兩粒田螺助聽器塞進耳朵。

泡麵媽說：「這是隻招財戒沒錯，不過哪有親家母手指上祖母綠的金龜子來得漂亮，倒是我頭上這隻大鳳蝶髮飾，非常稀有難得，我把它送給咱們未來媳婦吧，去！大鳳蝶，從今起跟著新主人，咱們的花格格小美女。」

大鳳蝶不帶任何表情飛到新主人花格格頭上，令泡麵媽十

分不悅，暗罵大鳳蝶無情無義，竟連半點不捨也不表示就飛到別人頭上，虧自己從小毛毛蟲就撫養牠，把它撫養成漂亮的大鳳蝶。

　　大妖怪阿魯巴從螢幕上看到未婚妻花格格，樂得禁不住摀嘴吱吱笑，二妖怪一野好酸葡萄心裡，冷哼一聲：「母豬賽貂

花格格

蟬，像個大水缸，真正是花格格沒叫錯。」

阿魯巴沒聽見一野好罵他未婚妻像母豬，急著問：「老爸，提親提得怎樣？」

一野大師說：「這麼美好的喜事，三言兩語哪說的完，我把錄影畫面傳給你，讓你在家自己慢慢欣賞，但我不得不說句公道話，就是親家住的妖怪村真是太有創意了。

無論是樹屋或是住在地底的蝸牛屋、磨菇屋、草莓屋、南瓜屋、冰淇淋屋、眼球屋、飛碟屋、糖果屋或餅乾屋，每件建築物都有了不起的特色……」

阿魯巴急性子，不等一野大師把話講完，搶著問：「老爸，蓋飛碟屋幹嘛？」

一野大師掩不住興奮說：「咱們親家可是位大大有學問的教授，他說咱們老祖先是當年乘坐飛碟來地球的，後來因為飛碟故障才留下來，為了慎終追遠所以蓋了飛碟屋做紀念。

阿魯巴跳起高興歡呼：「如此說來咱們是優秀的外星人後裔，而不是妖怪對不對？」

一野大師也高興的說：「是的，咱們祖先是從距離地球六百光年的凱普勒22B星球來的，咱們的星球平均溫度在攝氏22度，沒有洪水、颱風、地震等天災，是個更舒適、更適合居住的美好星球。」

「老爸，既然如此為什麼我們還來這顆爛地球。」

「孩子，因為我們不忍這星球的人類愚蠢、智慧未開，所以來教化他們。」

「老爸，咱們祖先總有留下一些什麼，証明咱們有更高度的文明是吧？」

「沒錯，你們都聽過發生在美國新墨西哥州的羅斯威爾幽浮事件吧？那四位墜毀罹難的外星人，可能就是負責來找我們的，還有秘魯的神秘那茲卡線及英國的麥田圈，都是咱們前輩的傑作，目的是警告地球的蠢蛋人類，不要製造一堆核武及過度開發毀了地球，不給這些蠢蛋一些厲害瞧瞧，他們還真以為他們是宇宙中最聰明的生物。」

一野好搶著說：「這些人類相信宇宙有一千七百億顆和地球一樣的行星，卻不相信這些行星裡有其他高等生物，這也太矛盾了吧？」

一野大師獎勵說：「一野好說的很有道理，其實稍有點常識的就知道，咱們前輩教這些蠢蛋人類蓋金字塔，教印加古國訂太陽曆法，教馬雅土著建立高度文明，你們知道那些巨石，隨便一塊就重達幾十噸，這些自大的蠢蛋從不思考，就算以今日的科技起重機也吊不起那些石塊，古時侯的人類是如何辦到的？」

一野大師搖搖頭：「還是以前的人類謙卑，把咱們前輩當神敬拜，每位神祇都畫上一個大光圈，其實那是咱們前輩頭上戴的太空盔，嘿，還畫上了翅膀當作天使，這也難怪，因為他們只見咱們前輩都由天而降，就想像咱們前輩像鳥一樣有翅膀，就天天禱告並祈求天使再度光臨，並解除他們痛苦賜給他們財富。」

三妖怪佛朗明哥說：「老爸，那咱們這族算是外星移民，我想知道還有多少咱們同樣的外星移民。」

一野大師點頭說：「佛朗明哥頗有研究精神，以後由你做更精確的田野調查，這個問題我也問了親家，他算得上是妖怪學

的教授，據他所說咱們這種外星移民已來了好幾批，隱藏在各地，至於地點咱們不方便在手機裡透露。」

　　阿魯巴手捂緊蝸牛說：「沒錯，小心被監聽。」

　　一野大師壓低聲音說：「日本和大陸都有好幾處妖怪村，包括大大有名的史瑞克，你們聽過他的大名嗎？我是看了教授給我的文獻資料，才知道算起來他還是你們表哥呢，好了，我不多說，我把畫面傳給你們自己看。」

　　一野大師說完，牆上螢幕馬上一變，巴弟知道傳來的是妖怪教授提供的幾個妖怪村四周的環境，巴弟識字不多，只見到高掛空中的纜車及一個貓空和另一個叫忠治的部落。

　　每一妖怪村風景都十分秀麗，四周種植許多茶樹及櫻花，幾座寺廟隱密在青山白雲間，鐵道沿著峻峭的山壁，隨著一條秀麗的溪水曲折蜿蜒，溪邊野薑花及杜鵑開遍滿山。

　　大妖怪阿魯巴高興大叫：「光看這幾張畫面，就知道適合咱們妖怪居住，環境不但清幽還帶著神祕，山洞裡的秘道四通八達，交通便利像是人類的捷運一樣。」

　　二妖怪一野好像和大妖怪有仇，老愛挑大妖怪語病，一野好說：「明明是小火車，你說成捷運，我聽你在放……」

　　阿魯巴鼻孔湊近一野好：「放什麼放？有種說出來！說啊！」

　　一野好雙手猛推阿魯巴：「你以為我會說髒話，讓老爸罰我做一百個手工肥皂，我才不上你的當，我是說放……放你的天燈啦！」

　　一野好作弄了阿魯巴高興得哈哈大笑。

　　阿魯巴頗為失望，三妖怪佛朗明哥指著牆上畫面說：「你看這每座山峰造型特別，又有許多岩洞，不愧是妖怪聖地，連小溪邊都長著這麼多野薑花，好山、好水、好花，難怪出美女，老大的

未婚妻是天下第一美女，老大！福氣啦——」佛朗明哥拉著胖牛蛙的手，高興跳舞轉著圈圈。

一野好舉起狼牙棒往佛朗明哥頭上敲下大罵：「阿魯巴的狗腿子、馬屁精，咱們有眼睛自己會看，不用你多嘴。」

四周環境介紹完，畫面回到村內，巴弟看了好笑，因為為了迎接一野大師夫婦到訪，妖怪村民都來到廣場歡迎，巴弟大略數了一下，有十幾個高麗菜妖怪跳著迎賓舞，巴弟真希望他們趕快結束。

因為他們不會別招，只會一直轉著圈圈，轉得巴弟頭都昏了，更糟的是高麗菜妖怪跳到一半時，南瓜妖怪也參進來跳，也是只會轉圈圈。

好不容易才結束，輪到一排白蘿蔔妖怪跳大腿舞，搭配著幾個葫蘆姐妹扭著小蠻腰跳著性感的鋼管舞。

佛朗明哥看到身材撩人的葫蘆姐妹的香豔熱舞，跟著搖擺著他的電臀，雙手打著拍子，接著出場的是大肚樹蛙，一邊拍肚一邊比手劃腳以饒舌唱法叫大家集合迎賓。

獨角仙穿著燕尾服和瓢蟲小姐共同擔任司儀，首先介紹閃亮三姐妹來段勁歌熱舞把場子炒熱，螢火蟲一閃一閃跳著最新創作的舞步，接著知了先生來首義大利名曲——山塔露其亞。

蚯蚓、螳螂、蟋蟀先生表演原野三重唱，中間間奏時蚯蚓扭動身體吹著黑管，螳螂吹著低沉的薩克斯風，蟋蟀彈奏著大提琴，高貴的燈蛾夫人多喝了一點酒，舞步有點凌亂，和瀟灑的金龜子紳士跳著快步華爾滋。

蜘蛛先生表演夢幻魔術，從口中抽出一條又一條絲巾，蝸牛先生表演太極導引，兩隻牛蛙表演蒙古角力，互相重疊壓制

對方，烏龜家族表演疊羅漢，大小共疊了七、八層。

　　竹節蟲表演吞劍，變色蜥蜴表演川劇變臉，只要眼睛咕嚕一轉，馬上變張不同顏色的臉，螞蟻兄弟人數眾多，舉著毛毛蟲表演舞龍舞獅，蟑螂兄弟動作劃一跳著排舞，癩蛤蟆兄弟將臉塗花跳著八家將，節目精彩進行著。

　　仙人掌小販高舉著稻草紮賣著冰糖葫蘆，牛蒡小販賣著拐杖糖，蘆葦小販賣著棉花糖，玉米小販賣著爆米花，幾隻像火雞大小的恐龍在場中四處走動，雄恐龍臉上是深綠色和紫紅相間的花紋比較貪吃，會伸長脖子偷吃玉米小販手中的爆米花。

　　相對的，雌恐龍花色是橙紅相間比較文靜，低頭吃著地上掉落的爆米花屑，她們有一共同特徵就是頭又大又硬，滿口亂牙像食人魚的牙齒，巴弟看兩隻雄恐龍吵架，接著兩個頭互撞，發出像石頭碰撞的沉悶聲。

　　巴弟注意到一野大師夫婦脖子上戴著美麗的花環，為他們套花環的是三隻大頭少女妖怪，她們身材肥胖卻相貌清純可愛，像三隻綠色小肥豬，身穿玉米葉編織成的短裙，每隻女妖怪脖子上也戴著一圈紫色、紅色、黃色、白色編織的小花環，這香味從螢幕中陣陣飄出，有薰衣草和茉莉花的香味，使人充滿幸福與喜悅。

　　阿魯巴一副色瞇瞇樣，跑近螢幕看個仔細，趁一野好沒注意，偷偷親了一下螢幕裡的大頭妹花格格，阿魯巴樂得摀嘴偷笑。

　　突然！螢幕裡的聲音暴起，把三隻妖怪兄弟嚇了一跳，螢幕裡提親的泡麵媽介紹妖怪親家招待的豐盛午餐，這是上流妖怪界應有禮節，亦是客人藉此機會給予主人一個熱情讚美，以答謝

主人的慷慨招待。

　　泡麵媽像演說家，表情誇張卻介紹起自家的金牌割包：「今天我們非常榮幸能介紹一野大師的金牌烤肉割包，講到這割包學問就大，這烤肉的醬汁是一野大師家傳百年的老醬汁，集合了十多種中藥，使肉烤起來又香嫩、又彈牙，我們給他夾一些烤肉到割包，再放些酸黃瓜和蕃茄醬，阿娘喂！實在忍不住給他吞口水ㄋㄟ，原來黃金傳說中的金牌割包，指的就是這個，啊——人間美味ㄋㄟ。」

　　泡麵媽拿起割包，誇張放在鼻前吸氣，張開大嘴將割包送進嘴裡，舌頭往唇舔了一圈，不見了。

　　大妖怪阿魯巴豎起大拇指，一野好及佛朗明哥大力拍手，連寵物雙頭怪鼠及胖牛蛙也把口哨吹得吱吱響，突然！一陣驚心動魄的大鼓聲傳來，巴弟眼睛一閉，心中大喊：「老天，顯個靈叫他們不必這麼誇張吧！」

　　米粉婆將布條往頭上一綁，布條上寫著「妖怪魂」三字，米粉婆自己介紹起她得意的妖怪拉麵：「我拉麵高湯裡有老母雞、豬大骨、昆布、蛤蠣、鮮蝦，還有很多屬害的祕密武器，我的拉麵高湯裡的材料，每次得熬二十個小時，讓湯煮成牛奶色，最後加上手擀麵條，又Q又彈牙，還有我最驕傲的醡醬麵、牛肉麵、椒麻涼粉、涼麵。」

　　巴弟真想叫那幾隻擊鼓妖怪，把鼓打小聲一點，最起碼在米粉婆介紹食材時暫停一下吧，否則又擊鼓又跳起來大聲嘿呀——厚呀——吵死人，誰聽的清楚米粉婆說什麼。

　　巴弟心想別再介紹了，弄碗拉麵給我吃吧，誰知道那幾隻打鼓的妖怪放下鼓槌，動作劃一的在地上翻了幾個觔斗，接著

頭下腳上像陀羅般轉了起來，排場搞得像偶像歌星的簽唱會一樣。

米粉婆趁著沒有鼓聲吵，緊接著介紹她最得意的妖怪雞：「咱這土雞先以特製配方醃置十二小時，再以熱油炸成金黃將鮮味封住，再佐以老酒及十幾種中藥調味蒸過，吃的時候將蒸氣過程中流出的原汁，加上椒麻香料淋上撕成碎塊的雞肉上，哎唷喂！吃起來又香又嫩，不燥不熱還延年益壽ㄋㄟ，你看咱們族中耆老活到千歲，椒麻雞想必吃了不少ㄋㄟ，加上這排骨酥芋頭、紅燒獅子頭、紅燒牛肉、茄汁蝦、再來個活跳牆，哎唷喂、嘖……嘖……嘖……」

米粉婆剛講了一個頭，幾隻像陀羅的妖怪不轉了，跳起來手中各拿起鑼，「鏘、鏘、鏘——」又吵了起來。

「求求妳，別再介紹妳的妖怪活跳牆了，而且吃那麼多肉不渴啊？我快被這三隻傻妖怪渴死了，弄杯涼的來喝吧！」巴弟嘴被封住咕噥著。

米粉婆像是聽見了巴弟的禱告，沒再介紹她的活跳牆，介紹起一罈純釀的不老汁，米粉婆面帶神秘宣說此汁集合了天地精華，有蜂王精、仙草、黑木耳、山藥、紅棗、枸杞、薏仁、燕麥、及十多種堅果及穀類珍貴食材精製而成，非但是返老還童的人間至寶，還是小妖怪轉大人的祕密飲料，米粉婆面帶神秘說：「這不老汁青春秘方，可是不隨便外傳的。」

「哇！正點，這不老汁跟咱們的魔法檸檬汁一樣的令人流口水啊！要怎麼釀教教咱們老媽，別小氣了吧！」佛朗明哥雙手插腰跳著踢踏舞，他的雙頭怪鼠也雙腳站立轉著圈圈吱吱叫著。

「是怎樣，這在開美食說明會啊！還有什麼一口氣說完吧！我餓得受不了了。」巴弟看得猛吞口水。

米粉婆優雅地打開一個包裝精美的禮盒，泡麵媽搶著說：「這盒鳳梨酥請容我來介紹吧，這鳳梨酥裡面的餡料可不是土蛋人類能模仿ㄅㄧ，不但外皮香酥，內餡酸甜適中還帶著嫩脆，多層次的口感在口中化開，爆ㄏㄨㄚ出滿滿地幸ㄈㄨˊ感，唉唷喂！真正是只有天上王母娘娘的蟠桃酥可以比ㄋㄟ！真是感動ㄋㄟ。」

泡麵媽誇張的表情及滑稽語氣，逗得三隻妖怪哈哈大笑，巴弟心想她應該去賣藥。

泡麵媽說：「美味是當然ㄅㄧ，餡料裡面有秘密配ㄈㄨㄤ嘛，就像另外一盒的黑糖狀元糕，鼻子給他用力一聞，阿娘喂！吃起來不但香Q還帶有竹葉的清香，這都是親家的用心與巧思，難怪親家說這黑糖狀元糕吃了不但功課好，考試還會中狀元ㄋㄧ，哈……哈……哈……」

泡麵媽一連說了好幾個哈，一野好指著螢幕：「太誇張了吧，哈半天。」

泡麵媽嘴巴說哈，卻不停擦淚，巴弟覺得奇怪，三隻妖怪也聳肩不知何故，泡麵媽邊哈邊擦著眼淚說：「原來這些糕餅以及水餃都是妖怪家族裡單親媽媽們辛苦做的，她們辛苦賺錢工作養孩子，而她們的男人，嗚……」

泡麵媽癟著嘴，三隻妖怪不解何故，互相看看又看看巴弟，巴弟心想跟我老爸一樣不幹活，拿筆桿坐辦公室坐不來，做模板工嫌晒太陽辛苦，開計程車沒面子，做保全說時間長，整天喝酒嘆有志難伸。

果然！螢幕畫面突然一變，只見泡麵媽頭髮豎起，口中舌頭像彈簧劇烈振動，張開血盆大口大罵：「都跟狐狸精跑了，殺——千——刀——的——」

泡麵媽揮手大叫，嚇得巴弟頭髮也一根根豎起。

不知是否音波太強，螢幕畫面突然中斷，阿魯巴試了好幾支手機似乎都收訊不佳不得已拿起一支他最討厭的派大北限量手機，他真不服氣老爸總是誇讚派大北是他教過最有文創點子的學生，是妖怪界的巴菲特，未來的閃亮明星。

阿魯巴光看機殼上雷射著派大北的傻瓜樣，就想把它扔出山洞，偏偏這時傳來派大北手機的廣告詞「派大北！派大北！最高科技派大北！深邃魔幻派大北！品牌領導派大北！」

阿魯巴對著手機大喊：「煩死了！」

手機感應到使用人的情緒，自動閉嘴和泡麵媽連上線。

泡麵媽見烤肉架上倒吊著獵物，擦去眼淚高興問：「烤肉架上掛著什麼？是不是山豬？我說阿魯巴，你把鏡頭對準給老娘瞧瞧。」

阿魯巴把洞壁上的蝙蝠轉了幾個角度，泡麵媽大吼：「笨蛋！音質沒問題。」

一野好舉起狼牙棒往阿魯巴頭上敲下：「蝙蝠管音質，貓頭鷹才管鏡頭。」

阿魯巴把貓頭鷹轉了好幾個方向，泡麵媽說：「別動！這角度剛好。」

阿魯巴往貓頭鷹頭上猛敲一拳警告說：「給我盯好別打瞌睡。」

泡麵媽看了半天無法確認，一野大師說：「走開！我來看，

是不是山豬我最清楚。」

　　一野大師有老花眼，看了半天也是看不清楚，一把火上來：「連是不是山豬都分不清楚，將來我還能指望你們什麼！」

　　阿魯巴三隻妖怪被一野大師罵得抬不起頭來，突然一個清脆聲音說：「很簡單，是不是山豬我考一考便知。」

　　阿魯巴一看是未婚妻花格格的聲音，高興的把巴弟嘴巴掰開，拿掉巴弟口中柳丁讓他應答。

　　巴弟大叫：「快考吧！姑奶奶，我吊了兩小時，手都快斷了。」

　　花格格說：「現在跟我唸，我唸一個音，你也唸一個，開始ㄚ——」

　　巴弟跟著ㄚ——

　　「再高一點，ㄚ——」花格格像女高音聲樂家，十指相扣放在丹田。

　　巴弟又跟著ㄚ——

　　花格格的音，一句比一句高，高到渾身發抖，大嘴裡的喉嚨劇烈振動，巴弟ㄚ不上去。

　　花格格命令：「跟著我ㄧ——」

　　花格格一句句往上飆高音，直到巴弟ㄧ不出來，花格格才又換了一個音。

　　花格格一共試了巴弟ㄚㄧㄟㄡ五個音。

　　阿魯巴問：「考的怎樣？是不是山豬？」

　　花格格說：「九成不是，但還不能百分百確定，因為山豬最會發「ㄚ」和「ㄧ」兩個高音。尤其是要殺牠時，如果餵牠吃飯，就會發出「ㄨㄨ」和「ㄡㄡ」興奮的音，至於「ㄟ」的音，根據文獻

報導，到目前為止，山豬還不會發，除非山豬學了口技，那就另當別論，所以我說九成。」

花格格說完，三隻妖怪兄弟包括巴弟，都不得不佩服花格格的智慧與慎重。

螢幕裡的花格格又出了一道題：「請問你是不是山豬？」

一野好不滿說：「拜託！這算什麼考題？至少也考考他會不會背九九乘法表吧！」

巴弟大喊：「發誓不是山豬，快把我放了。」

花格格微笑說：「可以確定不是山豬了，請把他放了。」

一野好不服氣道：「他發誓你就相信，不怕他是詐騙集團？」

花格格說：「山豬不會發捲舌音，不信你跟著說一次，「發誓不是山豬」，而且「發誓」不能唸成「花素」，我的結論很簡單，會捲舌的不是山豬，不會捲舌的有可能是山豬。」

巴弟為證明花格格所言不虛，特字正腔圓還帶點北京腔大聲再說一次，「發誓不是山豬。」樣子有點像小牛啃老牧草。

三妖怪佛朗明哥拿狼牙棒戳戳巴弟屁股問：「如果把你放回去，你會不會說出我們妖怪家族的秘密？」

巴弟像唸咒語，一字字捲舌：「發誓絕不會說。」

三隻妖怪同時抱頭：「老天，我們相信你了，求你別再捲了。」

佛朗明哥問阿魯巴及一野好有什麼意見，阿魯巴和一野好聳肩表示沒意見，只求讓巴弟趕快離開就阿彌陀佛了。

佛朗明哥問他肩上的胖牛蛙有何高見？

胖牛蛙雙手往巴弟褲襠用力一抓一擰，巴弟慘叫一聲。

胖牛蛙警告巴弟說：「記住，把你放回去，今天所發生的一切，你都當沒發生過，也從沒見過我們，聽到沒有？嗯——」

巴弟嘴唇發白，快要無法呼吸，胖牛蛙又說：「如果有人問你這個世界有無妖怪，你要回答沒有妖怪，也沒有外星人，聽見沒有？嗯——」牛蛙額上青筋暴露，力量加到十成。

巴弟歪著嘴：「不能再嗯……再嗯……要……要爆了……」

三隻妖怪將巴弟鬆綁，拿了一支棒棒糖塞到巴弟褲袋，將巴弟推出山洞。

巴弟走出山洞，經過一個樹林，巴弟驚魂未定，一顆心還在噗噗跳個不停，巴弟邊走邊回頭，看三隻妖怪兄弟是否還跟在後面？巴弟掏出褲子口袋裡的棒棒糖，那是泡麵媽交待的，泡麵媽說把巴弟當成山豬，是十分失禮的行為，除了應鄭重向巴弟道歉，還送了巴弟一支棒棒糖做禮物。

巴弟掏出棒棒糖才舔了一口，一抬頭撞到了一個渾身藍毛的雪怪，像撞到了一堵牆，藍毛雪怪把巴弟摟在懷裡，巴弟大叫救命。

巨人雪怪把巴弟高高舉起，熱情的搖晃著，巴弟心想今天怎麼搞的，碰到的全是妖怪，不知這妖怪會不會吃人，巴弟嚇的要命。

藍毛雪怪把巴弟放下來，巴弟轉頭要跑，卻看見一隻金毛及紅毛的雪怪圍起雙手，巴弟暗叫不妙，今天撞邪了，看來是兇多吉少了。

巴弟看藍毛雪怪似乎並無惡意，只是兩隻眼緊盯著巴弟手中棒棒糖，巴弟伸出棒棒糖說：「給你吃好不好？」

藍毛怪高興點頭，伸手拿來舔了一口，金毛怪及紅毛怪也

圍了上來，藍毛怪給他們各舔了一口，巴弟看這三隻雪怪性情溫和，大起膽子問：「你們是誰？要幹什麼？」

　　藍毛怪呵呵笑說：「我們是雪怪家族，我是藍毛阿鷄米德，金毛叫派大北，紅毛叫阿咪達，謝謝你請我們吃棒棒糖，我們看你也是個好人，所以和你交個朋友，我們相信你不會洩露我們的行蹤與身份。」

　　巴弟鬆了一口氣說：「放心吧！我保證絕不洩露你們行蹤與身份。」

　　紅毛阿咪達拿出一朵花，羞紅臉說：「這朵小花送你，嘻……嘻……」

　　金毛派大北雙手遮眼：「我不敢看，女生送花給男生，呵……呵……女生愛男生，巴弟你當阿咪達男朋友，她會泡特製

的咖啡請你喝，啵啵！」

金毛派大北縮起五指比在唇間，藍毛阿鷄米德縮起五指在唇間誇張張開說：「對！她還會拉花，嘻……拉一朵喇叭花配披薩吃，超啵！」

紅毛怪阿咪達將巴弟摟在懷裡，摟得巴弟差點喘不過氣來，巴弟掙扎著，從紅毛怪懷裡鑽了出來，卻被紅毛怪一把將巴弟抓回懷裡。

「阿咪達，快放開我，我被妳摟得快不能呼吸了！」巴弟從紅毛怪肚皮旁露出一個頭。

「嘻嘻，我們帶你去我們的森林樂園玩。」紅毛怪阿咪達將巴弟扛上自己肩頭坐著，和藍毛怪阿鷄米德及金毛怪派大北一起往森林走去。

巴弟不用走路，坐在阿咪達肩上舒服的邊走邊欣賞風景，不知走了多久，巴弟突然興奮起來，因為一大群孩童快樂的笑聲越來越近，使巴弟想起學校讀書下課時，操場上同學們盡情歡笑的熟悉聲。

「到了，巴弟下來自己走。」紅毛怪阿咪達將巴弟從肩上溫柔的放下來。

巴弟眼睛一亮，一座造形奇特的大門，開在兩棵樹的中間，像歐洲城堡般的氣派，路旁有排厚木板釘成的牆壁，壁上畫了一些童趣的圖畫。

巴弟笑了出來，因為圖畫中的人物，正好是阿魯巴三兄弟，巴弟見阿魯巴、一野好及佛朗明哥三人，吃力爬在圍牆上，他們的寵物雙頭蟒、雙頭鼠亦吃力的往圍牆爬，大牛蛙伸出舌頭黏在牆頭，但無論如何努力就是拉不動自己，只好在牆下拼命跳

躍，像一顆沒氣的籃球在地上彈著。

　　倒是阿魯巴越過牆頭正幫佛朗明哥把寵物大牛蛙拉上牆頭，阿魯巴脖子上纏著雙頭蟒，雙頭蟒尾巴捲起大牛蛙肚子，大牛蛙脹紅著臉吊在半空中。

　　一野好一腳已跨上牆頭，雙頭鼠四肢夾緊一野好的大腿，

吐著舌頭吊在半空中，而牆頭上有幾隻猴子高喊加油，巴弟看得懂，原來是阿魯巴三兄弟想溜出圍牆和一群猴子玩的圖畫。

巴弟看到胖牛蛙，就一肚子氣，雙手叉腰罵著：「明明一團肥肉，還撂狠話，要把蜘蛛人用舌頭黏住，左摔右摔過肩摔三招KO，還吹牛有一天換他用舌頭點亮101，讓世人知道牠火雲邪神的厲害，真是夠了，噴……噴……噴……差點被牠捏爆。」

巴弟齜牙咧嘴，垂下雙手揉著褲襠。

阿咪達指著牆上阿魯巴三兄弟說：「壞小孩。」

巴弟露出不解神情，藍毛怪阿鷄米德說：「他們三個也從我們這個森林學園畢業的，只要是小矮子裡的調皮搗蛋份子，或是過動兒、自閉症，或是未來想成為領袖的菁英，他們父母都會將他們孩子送來這裡受教育，你正好可以體驗一下，跟你的學校有些什麼不同。」

巴弟覺得有趣，指著一塊大木板說：「這上面畫的這個妖怪，不正是一野好的老爸一野大師嗎？他比著劍指慷慨激昂指天說什麼？」

金毛怪派大北捂嘴大笑：「我每次看到他的相就忍不住發笑，呵……呵……他比劍指說，呵……不能利益眾生，雖生如死……呵……還作一首詩……呵……」

「什麼詩？為什麼這麼好笑？」巴弟看派大北笑成那樣，真想罵他一聲神經病。

「別再笑了！」阿咪達打了金毛派大北一掌：「對園長不尊敬。」

藍毛阿鷄米德說：「一野大師正是我們森林學園的創辦人，他有感於矮子妖怪所受教育不夠，知識一代不如一代，於是立

志創辦一個快樂的學習園地，但是礙於個人財力、物力之不足，於是默默開墾及建設，經過了十年，才有了今天的規模，所以他寫了一首詩自勉，阿咪達妳唸給巴弟聽。」

「是，十年磨劍草園荒，驀然回首髮如霜，北斗……」阿咪達瞪了派大北一眼，派大北趕緊用力摀緊嘴極力忍著不笑，卻還是「噗嗤——」笑了出來，身體不停振動，像一棵松樹在狂風中顫抖。

阿咪達食指比著派大北，命他轉過身，阿咪達手比劍指：「十年磨劍草園荒，驀然回首髮如霜，北斗尚有沖天志，一輪明月豈——無——光——」

阿咪達唸完，阿鷄米德重重拍手：「感動啊！」

巴弟問：「什麼意思啊？為什麼每個人都說磨劍，還磨了十年，他們敢發誓，真的有磨劍？」

派大北噗嗤一聲再也忍不住，蹲下來大笑，一手抱著肚子笑，一手跟著巴弟擊掌。

阿鷄米德往臉上重重一抹說：「巴弟，你少跟派大北混一起，對你沒好處。」

「為什麼？」派大北比巴弟先開口。

「愛聽不聽，反正我好意告訴你了，你如果還不懂，你總聽過派大星吧？派大北是派大星堂哥，他們派大輩的智商加起來能有多高？我說的夠明白了吧。」阿鷄米德翻開雙掌。

「呵……你別笑我，咱們半斤八兩，如果你知道園長為何叫你阿鷄米德你就不會笑了，呵……你是天才，我們是笨蛋，派大星能把眼睛一隻擠到額頭，一隻擠到下巴，鼻子擠到頭頂，呵……呵……呵……簡直是天才的海綿寶寶……呵……笑死

我，我服他了，他還教我一招把鼻孔往上翻，舌頭往下拉裝吊死鬼嚇皮老闆，呵……」派大北拉著舌頭。

「慘不忍睹，唉！」阿鷄米德搖頭。

「走吧！」阿咪達聳聳肩，阿鷄米德吐了一大口氣，巴弟聽到歡笑聲愈來愈近，心裡像有螞蟻在鑽感到癢，這種感覺像是到了水上樂園的感覺，連腳底都癢了起來。

首先映入眼簾的是叫做登陸搶灘的遊戲，只見沙灘兩邊各有一名機器戰警，手中各持機關槍，各射出紅橙黃綠藍靛紫黑白九種不同顏色玉米粉，只見一排排小妖怪往前衝，幾乎每位小妖怪都被玉米粉噴得滿頭滿臉，一個個變成彩色小妖怪。

接著出現一個高約兩公尺，寬約十公尺的滑水道，水道上方有中空竹子鑽成許多小孔，山泉水流過竹子，經由小孔流出泉水，使水道更滑，巴弟見一群和阿魯巴長相相同的小妖怪，爭先恐後的爬上滑水道，並從滑水道滑進淺水池。

巴弟見小妖怪像下水餃般，噗通——噗通滑入池中，每隻小妖怪都快樂的大聲嘻笑，並在淺池中互相潑水，配合著口琴及手風琴的原野音樂，輕快的演奏著，樂園洋溢著歡樂，巴弟見其中有一隻穿著紅短褲，像是救生員的水獺，口中含著口哨，高高坐在看臺上，兩眼注意著小妖怪們的安全。

阿鷄米德上前恭敬的鞠躬打招呼，水獺忙著小妖怪的安全，沒空和阿鷄米德寒喧浪費時間，阿鷄米德再度鞠躬離開。

阿鷄米德一直走了好遠還在轉頭恭敬鞠躬並對巴弟說：「你別把李冰先生當做普通救生員，他可是咱們森林學園的水利專家，咱們要喝水才能活下去，多虧李冰先生給咱們修水壩、做親水區、做滑水道，最難能可貴的，他完全是以志工身份幫助

咱們，你看小朋友們玩得有多開心啊！」

「呵……呵……呵……」派大北高興的跨進土撥鼠沖水區，只見地上有許多碗口粗的水柱，強力而不規則的往上沖，許多小朋友在每個洞口踩來踩去，像玩打土撥鼠遊戲一樣，每個被水沖到都高興的大跳大叫，派大北坐在地上雙手雙腳堵住好幾個洞口呵呵笑著。

小妖怪們合力推著派大北：「走開啦！傻大個。」

派大北反而躺下呈大字狀堵住好多洞口，並捧水潑著小妖怪們。

小妖怪們大叫：「傑克教官，派大北搶我們遊戲玩，把他趕走啦！」

「派大北，趕快走啦！黑傑克過來了。」阿鷄米德催著。

「來就來，誰怕他。」派大北一副無所謂樣。

「不是怕他，是丟臉，快起來，這麼大了還跟小妖怪搶著玩幼稚遊戲。」阿咪達話才說完，一隻負責園區安全的巡官，手臂上有圈紅臂章寫著教官的台灣黑土狗傑克帶著兩個跟班跑來，一個胸前名牌寫著甲鳥滿臉通紅的酒鬼伸長脖子滿口酒味，和另一個名字寫著我鳥，搖搖晃晃打著酒嗝的義警。

派大北對此兩名義警深具戒心，雙手護著重要部位，怕甲鳥和我鳥發酒瘋咬他的鳥。

「我說是誰，原來是派大北這個闖禍大王，怎麼還嫌禍闖得不夠，又帶個小孩來，你存心咱們不被抄，你心不甘是不是？」傑克教官勾起一隻腳，「刷——刷——刷——」搔著「該邊」的癢。

黑傑克教官走近巴弟，在巴弟身上聞了一圈，世故的說：

「阿鷄米德，安全交給你了，不該讓人看的地方就別讓人看，我把醜話說在前面，別說是我答應讓這小雀斑進來參觀的，雖然我是安全官有這權力放行，萬一有長老有異議，跟我可是無關，所以就當我沒看見，是你們自己帶他進來的，懂我意思吧？」

「我們懂你意思，呵……呵……若有長老問，咱就說跟教官無關，他有把醜話先說，是咱們帶小雀斑進來的，他裝著沒看見、不知道……」派大北話沒說完，被阿鷄米德摀住嘴邊走邊拖。

教官黑傑克搖頭，找棵樹抬起腳往樹幹強力噴出，樹上一長條密密麻麻綠色風帆，像遇到狂風暴雨紛紛翻船，扛著比自己大好幾倍樹葉的切葉蟻，從地上紛紛爬起，扛起好大一片風帆一起咒罵，他們像是受過集訓，整齊劃一大罵：「下次讓他尿尿噴到自己腳。」

黑傑克教官對著腳旁奮力推著糞的糞金龜攤攤雙手，表情有點無奈，糞金龜米田先生和田共太太悶著頭，推著一顆橄欖大狗屎，喘著氣停了下來說：「別得罪了那些切葉蟻，免得他們落兄弟把紅火蟻找來，那麻煩就大了。」

黑傑克伸出舌：「當然，當然！我說老鄉，歇會吧，看你夫妻倆這麼努力，真令人敬佩啊。」

糞金龜說：「趁現在沒下雨，一顆硬硬的好滾，萬一下雨糊成一團，就沒法滾了，咱們也是看天吃飯啊！」

巴弟跟著阿魯巴往前走，看見一隻黑白顏色的麝香豬，一群小妖怪正圍著麝香豬，巴弟擔心著問：「他們是不是要殺豬烤乳豬？」

阿咪達說：「那隻豬叫盧小小，是童子軍老師，他正在教小

妖怪認識松露和菇類，教導身陷深山的小妖怪們如何野外求生，挖地底下的菌菇及珍貴的松露。」

阿雞米德補充道：「他的團康帶得很好，非常會說故事，小妖怪們很喜歡他。」

巴弟看麝香猪背著小妖怪在地上跑來跑去，小妖怪們爭相喊著換我——換我——我也要騎——

一位老婆婆妖怪稀疏著頭髮，坐在一個奇怪的建築物門口，巴弟覺得建築物眼熟，像是在哪見過，「有了，是眼球屋。」

巴弟拍了大腿一下，因為阿魯巴的老爸一野大師，介紹過眼球屋，巴弟想起來了，派大北看見老婆婆妖怪馬上蹲下，輕輕摟著老婆婆妖怪撒嬌叫著：「阿嬤，妳越來越漂亮，呵……呵……也越來越年輕耶……」

派大北親著老婆婆面頰，老婆婆被逗得笑罵著：「傻大個。」老婆婆朝裡叫著：「老伴，拿一盒蛋捲出來請派大北吃。」

正做著蛋捲的老阿公妖怪，應了一聲。

老阿公捧著一綑草繩綁好的蛋捲，一跛一跛的走了出來，派大北一把抱起老阿公：「阿公，搞什麼啊？腿這麼短也會拐到，小心點吧，你要是掛了，阿嬤怎辦？這麼老了嫁誰是吧！」

老阿公臉本來就綠，聽派大北一說變成墨綠，派大北放下阿公手接過蛋捲，張嘴將蛋捲一支支像囚房欄杆一樣豎直，將舌頭關起來。

「救命啊！放我出來！我要吃蛋捲！」派大北耍寶逗得兩位老妖怪開心大笑。

派大北張口一次塞五支蛋捲嚼著，老阿嬤輕輕在派大北耳邊說：「阿公新開發了好幾種新口味，有棗泥、鳳梨、黑豆沙、白

豆沙、花生、芝麻,下次來請你吃。」

　　派大北塞得滿口都是蛋捲:「嗯嗯沒問題,我幫阿嬤推銷保證大賣。」老阿嬤白了阿鶏米德和阿咪達一眼,偷偷跟派大北說:「自己吃,別請他們吃。」

　　阿鶏米德聳肩:「走吧!吃得像豬一樣。」

　　派大北跟老阿嬤揮手告別,老阿嬤大聲交待:「別跟辛巴和賽獅那群壞猴子混,要是哪天包尿布,看我還理不理你。」

　　巴弟不解問阿咪達:「阿嬤說的是獅子王辛巴?為什麼又說包尿布,聽起來好奇怪。」

　　阿咪達笑著說:「老阿嬤活了快一千歲了,有點老年痴呆症,他說的壞猴子指的是賽獅和辛巴,你知道他們兩隻分別屬於兩群猴子的頭目,時常像不良幫派一樣互相鬥毆,為了爭登山入口的地盤,兩幫猴子打得非常激烈,為了逞威風給自己取了獅子王的名字,另一隻不甘示弱取名賽獅顯得更猛。」

　　巴弟不解:「這有什麼好爭,真是。」

　　阿鶏米德嘆口氣:「要怪就要怪人類,因為猴子向人類索取食物,可以不勞而獲,但壞在有不良少年給香菸,你也知道猴子愛模仿,於是也染上了惡習向人類要香菸吸,可是有些藥頭為了引誘人吸毒,會把毒品藏在香菸讓人上癮,」

　　巴弟問:「所以猴子也上癮了?」

　　「沒錯!」阿鶏米德回頭瞪了派大北一眼,派大北跟在後面雙手捧著蛋捲屑往口裡倒。

　　阿鶏米德說:「幸虧他嘴巴大,叼根菸像叼牙籤,他跟賽獅和辛巴兩個猴老大有點交情,猴老大為了拉攏派大北就把索取來的毒菸孝敬他,也算是他命大,他長得高大像棵松樹,區區像

牙籤大的毒菸要讓他上癮也難，結果那兩隻猴老大吸上了癮，後果慘啊……」

「怎麼慘法？」巴弟歪著頭。

派大北走近到一棵樹旁，像是被什麼吸引，正探頭盯著樹枝分叉處的一個鳥窩看，窩裡有兩隻剛孵化的小藍雀，張開大嘴吱吱叫著討食，派大北伸出小拇指，兩隻小藍雀當成大香腸爭著啄來，派大北朝巴弟比食指在唇中，並將巴弟抱起放在鳥窩旁，巴弟覺得好玩也伸出小拇指放進鳥窩，兩隻小藍雀把巴弟小拇指當成小香腸，啄得巴弟奇癢無比，巴弟忍著笑，突然！

「媽媽救命啊！」阿鷄米德、派大北及阿咪達抱頭拔腿狂奔，他們頭上有兩隻大藍雀，尾巴足足一尺長，像憤怒鳥般往他們三人頭上猛啄。

大藍雀邊啄邊罵：「沒人性的東西，我兒子那麼小，你們竟敢欺侮牠，看老娘不啄死你們才怪，還有你這小癩子，有種別跑！」

巴弟頭上、屁股分別被啄了好幾下，像被鉗子夾到奇痛無比，巴弟雙腳像安裝了風火輪，邊跑邊喊：「下次不敢了，救命啊！」

跑了好長一段距離，沒見大藍雀追來，大夥才停下喘口氣，巴弟撩起屁股上的遮羞布，派大北笑個不停，指著巴弟屁股說：「白屁股變紫屁股，呵……好慘……呵……」

巴弟揉著屁股說：「慘？對了，」巴弟望著阿鷄米德說：「你剛才講話講一半，說那兩隻猴老大吸上了癮，怎麼慘法？」

「噢，你說賽獅和辛巴啊！唉……別提了，那兩隻猴老大毒菸吸多了，他們不知裡面有安非他命，結果膀胱生病，邊走路邊

漏尿，滴滴答答……」

「呵……爬樹沒人敢在他下面，猴王也當不成，有回還搶了一片小孩子尿布包著，呵……奇醜無比，噢，老天！」派大北手按額頭。

巴弟嘻嘻笑著，阿鷄米德說：「老阿嬤擔心著派大北還跟賽獅和辛巴來往，怕派大北跟他倆一樣漏尿包尿布。」

阿咪達走著，突然被人絆了一腳摔倒，阿咪達拍拍屁股塵土站起，原來是飛碟屋門口的一隻大頭妖怪故意伸出腿絆倒阿咪達。

這隻大頭妖怪頭戴大草帽，身披一件披風，留了一撮鬍鬚，阿咪達高興說：「墨西哥，你什麼時候來的？來參加學術研討會嗎？」

名叫墨西哥的跟阿咪達確實很熟，墨西哥幾乎是看著阿咪達由小女孩長成大姑娘的。

墨西哥說：「大鼻哥、丁字哥、阿三哥也來了，你等會，我叫他們出來。」

墨西哥吹了一個響亮口哨，陸續由飛碟屋走出幾個來自不同國家的妖怪，第一個是來自俄國的大鼻哥，手上舉起一瓶伏特加酒，和阿咪達打了一個招呼。

接著出現的是穿丁字褲，來自日本的妖怪，額頭綁了一圈毛巾，手上拿著筷子，邊走邊扭敲著盆子，繞著阿咪達繞了一圈，屁股碰碰阿咪達。

第三個出現的阿三哥來自印度，頭上纏了好大一圈橘色頭包，更顯得頭重腳輕，阿三哥一出現，馬上帶來一股濃烈的咖哩味，尤其他張開雙手擁抱阿咪達小腿時。

阿咪達彎腰手按阿三哥肩膀問：「你老婆莎卡麗和兒子拉吉夫怎麼沒來？」

「拉吉夫還沒放暑假，我老婆說等放暑假她們再來，但我給妳介紹兩位貴客……」阿三哥轉頭介紹他身後的兩名科學家。

「這位是喬治博士，來自西太平洋島國……」阿三哥介紹著。

巴弟覺得奇怪，為何喬治博士雙腿間夾個乾椰子殼？

阿三哥繼續介紹：「這島國盛產咖啡、可可、及棕油，尤其是椰子，島國名叫——密可羅尼西亞。」

喬治博士雙手拍著雙腿間的椰子殼，算是和眾人打了招呼。

巴弟看喬治博士後面出現的妖怪更為有趣，阿三哥介紹著：「這位普普博士來自巴布亞紐幾內亞……」

巴弟看這位普普博士，脖子上一根繩子吊著一根晒乾的長形葫蘆，這位博士把他那話兒塞進長葫蘆吊著，變成胸前像吊著一門高射砲，巴弟明白了喬治博士為什麼雙腿夾個椰子的作用了。

巴弟唯一不解的是，椰子是圓形物，那話兒塞在那不如塞在長葫蘆感到海闊天空、悠遊自在，阿鷄米德像是看出了巴弟的疑惑，阿鷄米德解惑說：「不用擔心，喬治博士生長的國度，從小就會把那話兒打個結，以免太長會拖地，反正多打幾個結，以能塞進椰子為原則。」

「打結成一坨塞進椰子殼不難受嗎？」巴弟皺眉。

「跟你們人類女人纏小腳一樣，慢慢就習慣了。」阿鷄米德

說：「偉大的科學家前輩們，等下次開國是會議，再跟您們請教，現在請容我們先行告退。」

離開飛碟屋，經過一座小吊橋，吊橋高度才兩公尺高，橋下是淺水池，但這高度對小妖怪而言算是高了，只見小妖怪們一個個從吊橋上往下跳，原來這吊橋是用來訓練小妖怪們膽量與勇氣的。

過了吊橋有好幾個體驗營區，巴弟看見一隻梅花鹿，身旁圍了一群小妖怪，阿咪達說：「她是斑點阿姨，負責教小妖怪們色彩學及畫圖，訓練小妖怪們的ＥＱ及抗壓性。」

隔沒幾步有兩隻小白兔，在教小妖怪們做手工布丁和冰淇淋，她倆姐妹叫艾美及艾咪姐姐，是園區的護士兼家事老師，教導小妖怪婉約嫻淑，將來做個好妻子、好母親。

再過去一個營區，大都是小男生妖怪，與剛才的小女生完全不同，他們圍在天竺鼠及穿山甲周圍，穿著工作服的天竺鼠，正在教導土木結構及洞穴支撐力學計算。

穿山甲老教授是隧道工程專家，教導小妖怪如何利用地球磁場定位，貫通兩端向內進行的隧道工程及如何避免挖壞水道，造成崩塌重大傷害，巴弟點頭這些工程的確適合男生學習。

巴弟往前走著，突然看見一隻渾身是刺的刺蝟，刺蝟被關在一個大鐵籠裡，只見他嘴裡喃喃自語，並不停來回走動，刺蝟向巴弟招手，巴弟靠近蹲了下來，刺蝟突然向巴弟吐口水並碎碎唸著：「你是肖ㄟ，你是肖ㄟ。」

阿鷄米德拉開滿臉驚恐的巴弟說：「這傢伙叫做荊苛，平日愛跟人斤斤計較，沒人愛跟他交朋友，又孤獨怪癖又多，渾身是

刺，外號叫顧人怨，結果老了變神經病，你少惹他為妙，咱們走吧。」

巴弟拍拍胸部：「被他吐了口水，嚇死我了。」

「呵……算你走運，他還會用小便噴人，呵……」派大北雙手捂嘴。

「派大北，我們不可幸災樂禍，荊苛已經進步很多了。」

巴弟耳邊傳來一陣非常溫柔的聲音，轉頭望去是匹迷你馬。阿鷄米德、阿咪達及派大北似乎對迷你馬都非常恭敬，阿鷄米德說：「蘇菲亞教誨師，您的教誨深深印在我們腦海不敢忘記，您說思想決定行為，行為決定命運，的確是的，我們學會觀照，身到哪，心就到哪，起心動念要清楚，今天荊苛的下場，正好是一面鏡子，我們不要跟他一樣。」

蘇菲亞教誨師說：「的確是的，一切果必有因，當業力變強大，就形成一張業網，我們就被困住脫不了身了。」

巴弟覺得有道理，巴弟說：「沒錯，小昆蟲在蜘蛛網裡只有死路一條了，那些拉K接觸毒品的，為什麼要好奇去嚐試，好可怕，就像跌進了鱷魚潭，最後屍骨無存讓家人傷心難過。」

蘇菲亞教誨師面容聖潔如月，微翻右掌微笑說：「當有人利用你們愛逞強及好奇心，引誘你們吸菸，他們就是魔鬼變化的，魔鬼佔了你們朋友的心，千方百計要拉你們下水，下那死無葬身之地的鱷魚潭，甚至魔鬼會用激將法對你們說膽小鬼，吸一口也不會怎樣，這時你們應該怎麼拒絕呢？派大北你說說看。」

「呵……呵……為了別得罪人，就婉轉說……說……我今天喉嚨痛不想吸菸，啊！說我今天感冒不想吸菸，呵……呵……」派大北搔著後腦。

巴弟頗為欣賞派大北能婉轉編出這個謊言,巴弟拍手。

教誨師說:「錯了,你要直接告訴他們,你們發過誓,這輩子絕不吸菸,也絕不碰毒品,如果你們是我朋友請別再有第二次,否則我寧可沒有這樣的朋友。」

「對耶,呵……我總不能天天說我感冒,看那兩隻猴子老大,落得包尿布還真可憐啊!」

巴弟指著教誨師旁邊牆上掛的兩幅畫說:「您這兩幅畫,一幅畫著一隻腳丫子,另一幅寫著兩個字——且止,請問這是什麼意思?」

蘇菲亞雙目微閉說:「去參透它,我給你答案無用,參不透誰也不能說他是個有智慧的人。」

巴弟伸舌告別教誨師,巴弟看見樹上有好幾個樹屋,高興的爬上樹屋,樹屋下有安全繩網,一大群小妖怪在樹屋進進出出,樹下吊著一張張蠶寶寶吐絲做的吊床,巴弟躺進吊床,心想睡個午覺一定非常舒服,卻被一群小妖怪趕走,小妖怪踢著巴弟屁股:「走開啦!大人和小孩搶玩具。」

巴弟指著不遠處的兩隻像房屋大的黑白乳牛建築物,眼中散著光芒說:「我們去那邊看看好嗎?」

阿咪達將巴弟抱起放在肩上,巴弟看見一個大城堡,綠色草皮配上紅色大風車,風車旁有數朵大磨菇,路標標示著箭頭,往小紅帽區、三隻小豬區、白雪公主區、金銀島區、糖果王國區、海盜區、抓泥鰍區、烤地瓜區、丟水球作戰區,攀岩區……

巴弟看清楚兩隻大乳牛建築,原來兩隻分別或站或臥,臥的那隻是隻母牛像悠閒的吃著牧草,站立那隻是隻公牛,像對著母牛說著情話,又像隻碎碎唸的說:「別再吃了,看妳那身材

肥得都站不起了。」

巴弟走進矮的建築物，一群小妖怪彎腰有禮貌整齊說：「歡迎光臨，一人免費捧一把。」

阿雞米德三人太高大，無奈門太小進不去，只好在外面等。

巴弟對著窗外的阿雞米德們說：「有許多牛奶糖，是這飼養的乳牛，純正牛奶製成的，我拿些給你們吃。」

巴弟手捧一把牛奶糖走到窗戶，阿雞米德、派大北、阿咪達在窗外張開大嘴等著，巴弟為公平起見，一顆顆輪流往三人口裡丟，巴弟像按鋼琴琴鍵，牛奶糖放進派大北三人舌頭上，巴弟數著一二三——一二三——

「一次放一把啦！」派大北張大口，口水流了一下巴。

「不行！每人只限用雙手捧一把，」突然角落裡臥著一隻母牛透著權威說話，原來她是廠長，負責生產原料與製造，圍在她旁邊的四隻小妖怪正每人抓著一個乳頭擠奶，母牛露出驕傲神情，享受著另兩隻小妖怪為她做精油全身按摩。

派大北伸出雙手進窗內：「牛阿姨，我還沒捧牛奶糖，妳叫小妖怪把裝牛奶糖的桶子拿來讓我捧一把，呵……呵……」

小妖怪一聽，嚇得合力把牛奶糖桶推離窗口更遠，紛紛揮著雙手驅趕派大北。

「不准！給你們三個一人捧一把就全捧光了，小妖怪學員就沒得吃了。」廠長牛阿姨把頭撇開不理派大北。

「牛阿姨，呵……妳越來越年輕，越來越漂亮耶，呵……給我捧一把啦！呵……凱薩琳小姐，喂！妳怎麼不通人情，老母牛！老巫婆！大奶奶！下垂……媽呀！快跑！」派大北好話說盡沒用，火起來叫老巫婆，老母牛最討厭人家說她大奶奶下垂，抄

起掃把追打。

「派大北，下次別被老娘碰到，還有小雀斑跟他們混在一起，也不是什麼好東西，下次被老娘逮到，一定賞你們一人吃一片大派。」老母牛頭探在窗外，手上掃把往外狂指。

「妳騎掃把來追啊！呵⋯⋯老巫婆，大奶媽，嚕嚕嚕——」派大北邊跑邊做鬼臉。

巴弟跑得氣喘如牛，雙手按在膝上，回頭說：「還好沒追來，對了！她說請我們吃大派，大派好吃嗎？」

「呵⋯⋯呵⋯⋯大派是牛糞，一大坨往你臉上蓋去，你說好不好吃？呵⋯⋯呵⋯⋯你要香草口味還是草莓口味？呵⋯⋯」派大北捂著嘴。

「唉唷！」巴弟頭上挨了一記水球，橘子大小的汽球破掉，裡面黃色的水流了一身，接著阿雞米德、派大北、阿咪達和巴弟一樣，數十個各色水球往四人砸來，四人身上染上各種彩色。

「打赤鬼！打藍鬼！打金毛鬼！」一陣駭人呼聲喊來，從林間各處衝出一群小妖怪。

一大群小妖怪高興的將水球往巴弟他們身上砸，巴弟邊擋邊問：「哪來的這麼多小妖怪，他們和一野好是同一個村的嗎？」

阿雞米德怕被小妖怪砸到臉，把臉面向天說：「不同村，從世界各國來的，因為這的森林魔幻樂園體驗營辦得好，所以這些小妖怪的父母就把他們都送來玩了。」

巴弟捂住臉說：「他們怎麼來？總不可能坐飛機，更不可能像孫悟空一樣駕朵雲來吧？」

「哪要那麼麻煩，何況高空摔下哪還有命？」阿雞米德突

然彎下腰，張開大口伸出十指：「抓幾隻小妖怪回去吃，啊——嗚——別——跑——」

　　小妖怪們被嚇得拔腿跑，派大北、阿咪達也一起假裝抓小妖怪吃，小妖怪們邊跑邊哭，一下子跑得一隻不剩，地下留了些水球還有幾個西瓜。

　　「我問你，」阿雞米德低下頭問：「地球的東邊到西邊怎麼走最近？」

　　巴弟撿起一顆西瓜比著說：「當然從這直直由東的點繞到西的點啊！」

　　「有沒有更快的？呵……呵……」派大北得意的抓頭抖腳。

　　巴弟搖頭，派大北將巴弟西瓜拿來，手指用力一戳，把西瓜戳穿了一個洞，派大北舉起西瓜，眼睛從西瓜洞看巴弟說：「呵……呵……從這通過地心最快，直直的由上而下，就像一粒鐵彈，「咚——」的一聲由上面一個洞到了下面一個洞。」

　　巴弟鎖眉想了一下：「不可能，地心溫度六千度，鐵彈列車會被熔化。」

　　巴弟看阿雞米德，阿雞米德抓頭說：「聽院長給我們上過課，他是國際物理大師，他說是用一種念力轉換成原子能量，也就是什麼分裂再分子組合，嘿……要怎麼敘述？真傷腦筋吶！」

　　「你是說，無論距離多遠，無論多久以前的事，只要你用心念去想，馬上就到眼前，可見心念不受時間、空間約束，這力量強大到像人類使用手機，無論分隔多遠，電磁波都可以收到，甚至可用電磁波執行太空命令摧毀敵人衛星對吧？」

　　「看不出你懂的還真不少，這裡就是一個『結點』，也就是

你們說的樞紐或轉換站，你看這山洞口的燈光一直閃著，代表馬上就會有一批小妖怪從世界各地來此報到。」

巴弟看山洞並沒有什麼特別且與一般山洞無異，但過了一會「嘩——」的一聲，山洞衝出了一群吱吱喳喳的小妖怪。

「噢……原來山洞口是物質分解與集合轉換站，對了！我很好奇，你們三個到底是什麼身份？你們和小妖怪長得完全不一樣，怎會混在一起？」

「呵……我們三個是保全，看有沒小妖怪逃跑，呵……或被隔壁山頭的赤鬼、綠鬼、藍鬼抓去當血汗工廠的童工。」

「你們三個是保全，找失蹤兒童？」巴弟不解。

「派大北說的沒錯，我們的父母被獵人槍擊死亡，幸虧我們碰到了一野大師，一野大師看我們可憐成了孤兒，就把我們領養長大，為了報答一野大師的恩情，我們三個長大後就負責森林魔幻樂園的巡山員，我們三個阿咪達和我是親兄妹關係，但我和派大北不是親兄弟是表兄弟，他和派大星才是堂兄弟。」

阿咪達說：「阿雞米德是咱們領導，今天若不是巡山也不會碰到巴弟，同時我們不能忘了感謝慈悲偉大的院長葛雷特，他給了我們許多知識與教誨，啊！他在那裡正在和幾位科學家在談話。」阿咪達手指前方。

「山羊？」巴弟皺眉望著一隻鬍子有點斑白的黑山羊。

「你別小看他，他可是非常博學的，唉唷……」派大北說到一半，腳被一隻往旁經過的老象龜狠狠踢了一腳，派大北揉著腳。

老象龜最討厭別人嫌他老、嫌他動作慢，由於他年紀大到沒人知道到底幾歲，所以在森林裡沒人敢惹他老人家，只要任

何動物妨礙他走路，他會用一口有力的牙抓住就咬，大家給他取名黑旋風李逵，正符合他性情剛烈、口如利斧的威猛。

黑旋風李逵露出一臉狠勁，咬牙切齒說：「媽——的——不怕死再來——」

派大北雙手抱拳：「黑旋風老大，我們怕您了，您先請，呵……您請。」

老象龜像撐拐杖，四肢一高一低，登——登——登——離去，還不忘回頭耍狠：「媽——的——」

派大北伸舌按著腦袋向黑旋風表示歉意，才一轉身。

「搞什麼飛雞，嚇我一跳。」阿雞米德被一隻公雞往面前飛過嚇了一跳，空中飄著雜色的雞毛。

巴弟拍著胸，森林裡處處暗藏危機啊！

「搞飛雞——搞飛雞——搞飛雞——」一隻站在岩石上晒太陽的八哥鳥模仿阿雞米德的說話。

「呵……暴龍雷克斯被母雞啄得雞毛滿天飛，還雷克斯咧，呵……被他老婆蘇珊啄得毛快掉光了。」派大北大笑。

蘇珊大嬸沒有放過公雞的意思，將雷克斯追得滿地跑，公雞幾個縱跳飛到樹上，驚魂未定咯咯叫著，兩隻眼睛充滿驚恐，原本艷紅如紅寶石般驕傲的雞冠，變成像受到極度驚嚇的嘴唇帶著慘白，任憑蘇珊大嬸如何叫喚，雷克斯死都不肯下樹。

八哥鳥拉著破嗓子唱：「路邊野花——不要採——」

派大北把頭湊近樹上公雞：「喂！兄弟，你暴龍雷克斯幹嘛怕老婆怕成這樣，把爪子伸出給她點厲害瞧瞧，否則一世英名不是全毀了？」

派大北彎著手指比著，雷克斯滿頭汗說：「別說了，快走啦！」

　　「走哪去？無聊死了，還不如留下來看戲，呵……呵……」派大北手撐著下巴，身體靠在樹幹。

　　「噓——去前面粉紅麵包屋吃阿美做的麵包和蛋糕，報上我的名，小聲點，別被我老婆蘇珊知道。」

　　「阿美是誰？是那隻新來的火雞？搞了半天你跟火雞搞曖昧，我還以為是那隻白毛的來亨雞，呵……呵……異國戀情有創意哦！」

　　派大北一行往粉紅麵包屋走去，一進屋，發現坐了許多客人在吃麵包、蛋糕及喝咖啡，阿咪達高興說：「原來院長葛雷特還有各國科學家都在，咱們進去坐坐，這家高度容得下咱們，真是不錯。」

　　派大北一行人進入店裡，阿雞米德向院長葛雷特鞠躬問好，院長雖是隻老山羊，但笑容可掬用臉頰輕輕貼吻阿雞米德、派大北及阿咪達。

　　其中一位鼻子特大的妖怪科學家露出憂心神情說：「葛雷特，這人類小孩在此……」

　　「呵……呵……他叫巴弟，是阿米達的男朋友。」派大北捂嘴笑。

　　葛雷特溫和說：「鼻大契夫，不用擔心，巴弟說什麼沒人相信的，人類會當他得了幻想症，沒人在意他說些什麼，我們繼續剛才的話題。」

　　巴弟想起了那個叫鼻大契夫的科學家，是從俄國來的，鼻大契夫說：「好吧！我們繼續，剛才談到人類犯罪者被測謊的問

題，我認為他們應該開發腦丘及海馬迴，也就是讀腦，無論想了什麼、做了什麼或夢了什麼，統統可以透過讀腦器做掃描，如此一五一十清清楚楚呈現畫面，誰也無法狡辯。」

「很好，記錄好了嗎？下一個議題較為廣泛，希望大家集思廣益踴躍發言，」院長葛雷特看了巴弟一眼，語帶同情說：「22K的年輕人是痛苦的，一個國家沒有創意、沒有品牌就只能做代工，22K不滿意，但是更落後國家10K就搶著做，沒辦法，這是現實，形勢比人強，若再加上政府向財團屈服，年輕人就可憐了。

最大的創意能成就最偉大的國家，美國有華德迪士尼的卡通世界，日本有凱蒂貓、皮卡丘、哆啦A夢，有宮崎駿的動漫及鬼太郎的妖怪文化，誰能告訴我，這裡有什麼？」

「什麼都沒有，於是年輕人就只想補習三年考一個安逸的公務員終老一生，連出去拼搏的勇氣都沒有，這種民族性的文化，幸福指數是不會高的。」穿著一雙木屐的學者，是來自荷蘭的丹布朗教授。

葛雷特院長不忍說：「不能怪年輕人，他們祖輩都是過海而來，他們血液亦流著冒險、不向現實低頭的基因，他們是沒有方向、沒人帶領，再加上學貸還沒還完，又得背上創業的債，因此每個都在喘息，我能充份體會他們心中的痛苦與無奈。」

「不幸的是，有理想、有創意敢拼搏的人，卻沒資格貸到款創不了業，這種政府的效能，實在應該看看新加坡怎麼做的，唉……也真難為了這些善良、勤奮的年輕人了。」德國學者說。

院長看了巴弟一眼，輕輕嘆口氣：「這麼多年是該面對了，如果人類不敵視我們，不把我們關起來像動物般展示，我們可以為他們創造一個最大的財富、最大的夢想，創造一個從未有

過的綠金文創，無數個魔幻森林樂園。」

「誠然，」穿丁字褲的日本學者鈴木說：「文化創意要避免抄襲，要有自己的特色，你能想像這個城市到處都有可愛的裝置藝術，無論是公車、路燈、垃圾筒、涼亭、坐椅、手機，乃至伴手禮鳳梨酥或麵包、蛋糕、咖啡，都有我們造型。

甚至從十分經平溪到菁桐，可以將整列火車打造成一系列的妖怪原鄉之旅，從火車外型彩繪乃至坐椅，甚至窗外溪邊、樹林、岩石間都有我們的身影，那是一趟多麼令人驚喜、豐富的文化采風，並帶來多大的經濟效益。」

「沒錯，火車包括列車長及站務人員也可由我們擔任。」阿雞米德說。

「嘻嘻，若熱戀中的男女想要結婚，可以來拍婚紗並請院長為他們證婚。」阿咪達拍手害羞似的偷看巴弟。

派大北說：「呵呵！我們可以設許多販賣點，以我們人形設計成六個面，每個面有不同商品展示，收攤時變成裝置藝術，夜晚變路燈，呵呵！我才答應幫阿嬤推銷蛋捲。」

院長讚賞說：「難怪園長一野大師這麼看好派大北，說派大北是妖怪界未來的投資天王巴菲特，派大北的確很有生意頭腦。」

院長點點頭：「很好，派大北我考你，如果叫你招呼客人，你怎麼叫客人進門光顧？」

「呵呵……那還不簡單，我會說小矮子給我進來，不進來想挨揍是不是？呵呵…開玩笑的啦！」

院長微笑道：「任何行業我們不必爭老大，也不要做老二，那都太辛苦，因為他們都在想盡辦法要把對方幹掉，我們不跟

他們爭，我們在各行各業當老三就好，當滿街都是黑貓車在跑時，我相信有一天路上會有無數的綠妖怪活躍在馬路，同樣的不管各行各業，只要有我們的品牌加持，必定可以大展身手開發連鎖行銷全球的。」

院長語音堅定的說：「我相信有一天我們一定可以在這寶島為他們創造出最幸福的指數，因為至少他們還有22K能不讓他們餓肚子，相反的，每個想創造220K的，只要有勇氣、決心、不怕苦，一切卻是如此現成。

而且……我深深相信他們的大人們，也在想方設法要改善人民的痛苦，他們的方向正確，正大力鼓勵文創。」

「您是說弄隻黃色小鴨？」日本學者翻開雙掌。

「不！是拍幾部自我感覺良好的電影或舞台劇吧？看我連電影片名都不忍心唸出來，再這麼搞下去，怕有人會覺得看本土片丟臉，等同低俗……」本土學者搖頭。

「夠了！」院長面帶嚴肅：「我聽得出來，你們言語中帶著輕蔑與不屑，其實沒人不想把事情做到最好，但是能力有限，或許他們有了想法，卻少了真正的監製，真正的監製要真正的大師，廚師負責做菜，一道菜完成後少了什麼味道，那掌管火候的老師父才是最重要的，他們忽略了這種智者，或許這願景的實現要靠巴弟搭起這座橋樑，巴弟……」

院長本來有話對巴弟說，但巴弟不知跑哪去了。

巴弟沒興趣聽學者們談文創，和派大北三兄妹跑到隔壁肉包店，肉包剛好出籠，蒸出一個個熱騰騰的大肉包及一個個像白花花的屁股饅頭，小妖怪送上一個大肉包及屁股饅頭請巴弟吃，巴弟掰開肉包，舌尖像觸到鮮蝦與碎肉剁碎後的混搭，那滋

味美妙極了，簡直是豪華到無法形容。

另外那白泡泡的屁股饅頭，看了令人發笑，原來是將饅頭揉圓後，拿支圓筷子從中壓下，饅頭蒸熟時，自然就像白花花的大屁股，巴弟掰開屁股饅頭：「嘻……裡面還包豆沙餡。」

巴弟才吃完，派來餐旅學院受訓的一個小妖怪將巴弟帶到一個關東煮的攤子旁，巴弟隨手拿了一支黑輪，剛吃完小妖怪說恭喜巴弟中了獎可免費再吃一支，巴弟看竹片上果然印著再來一支。

巴弟大口吃完，一個小妖怪服務員又奉上一粒肉粽，粽香撲鼻加上竹葉清香，巴弟非常讚賞這條美食大街學員的熱情與親切的服務。

圍著巴弟們的一群小妖怪對派大北十分崇拜，像是訪問偶像般拿出筆記本發問，而派大北也裝出大師的派頭，給予學員們指導，巴弟暗自偷笑。

其中一組小妖怪有五名學員，為派大北和巴弟四人每人送上一碗蚵仔麵線說：「派大北大師，我們學院院長一再提到您的大名，說您是我們妖怪界的創意大師賈伯斯，眼光精準獨到，請您品嚐這碗蚵仔麵線後給我們一些指導與建言，俾使我們推出的蚵仔麵線更能受到大家的喜愛與肯定。」

派大北張開大口呼嚕喝了半碗，伸舌往唇舔了一圈，歪著頭嘖嘖嘖點點頭，又把半碗倒進嘴裡，閉起眼睛陷入沉思，小妖怪學員雙手在胸前緊握，睜大眼睛盯著派大北。

派大北舌頭像彈簧般彈了幾下，張開眼說：「蚵仔麵線到處都有，要想與眾不同就要在材料上多下工夫，譬如多加……」派大北突然發現群眾中有位頭髮稀少的指導老師，不怎麼友善的

雙手抱胸，抖著一隻腳斜眼冷冷的瞟著派大北。

「這個……」派大北像是賣關子欲言又止。

「說嘛！說嘛！」小妖怪學員嘰嘰喳喳嚷著。

「那就多加些干貝，鮑魚，龍蝦，再撒些松露當香菜……」派大北發現那位禿毛的指導老師頭上在冒煙，趕緊結束訪問，離去時不忘回頭交代小妖怪：「招牌上別忘了註明創意行銷總監派大北大師監製。」

派大北注意到那位頭頂冒煙的禿毛老師揚起手，手上有隻臭鞋，派大北拉著巴弟疾走，像是被鬼打到，才走沒十公尺又被一群女學員圍住，紛紛請派大北簽名，派大北朝巴弟攤開雙手聳聳肩。

女學員們熱情圍著派大北說：「派大師，我們是服裝設計科的學生，您看我們設計的服裝如何才能成為時尚主流，領導品牌並成為網路銷售人氣王？我們用派大北當品牌可以加分嗎？」

巴弟仰頭望著派大北，心想老天，不懂就別裝懂，沒人是萬能的。

派大北卻伸出舌頭，比了個YA的手勢，阿雞米德轉身嘔了一聲，巴弟聽到小妖怪說好可愛，阿雞米德又轉身嘔了一聲，阿咪達輕拍阿雞米德的背為他順氣。

派大北三步成詩為小妖怪們編了一套廣告詞，教小妖怪們像數來寶似的唸著：「要時尚！派大北！要氣質！派大北！要流行！派大北！要美麗！派大北！要風騷！派大北！」

「咻一」的一聲，空中飛來一隻臭鞋，派大北抱頭閃了過去，巴弟循著拋物線看到那名禿毛老師，高舉右手揮著另一鞋

往派大北瞄準著，派大北拉著巴弟像踩迷蹤步忽左忽右逃離而去，遠遠還聽到那名禿毛老師沙啞地罵著：「他奶奶的什麼創意大師……」

巴弟們走沒多遠，又被一群國小的小妖怪們圍住，這群小妖怪不認識派大北，對著派大北們大叫：「金毛怪、藍毛怪、紅毛怪、小烏龜……」

派大北食指勾起一隻小妖怪，小妖怪雙腿騰空大喊救命，派大北張大嘴假裝要將小妖怪吃掉，小妖怪嚇得尿撒了出來，派大北說：「去叫店長出來，給我們弄一鍋麻辣鍋，及一桶激激叫炸雞，再弄一盒滷牛腱、雞腿、鴨翅、七里香滷味，我們要招待小哥們巴弟，快去！」

小妖怪像陣風一樣跑走，邊跑邊「媽——呀——」的叫聲，聽來十分淒厲，派大北豎起大拇指跟巴弟說：「跟著大哥我，有吃又有拿，這叫吃得開，懂嗎？」

巴弟點頭，忽聞打殺聲四起，四周出現許多拿著棍棒小妖怪，在店長帶領下齊聲高喊打死赤鬼——打死藍鬼——打死金毛鬼——打死小龜——

派大北一把抓起巴弟就跑，三隻長毛怪足足跑了半個山頭，才脫離了小妖怪的追打，巴弟帶著懷疑這叫吃得開，派大北攤開雙手說：「以前的店長叫哈克是我哥兒們，現在這店長這種服務態度，能接受嗎？我們是保全耶，不！我不滿意。」

巴弟嚇得渾身發軟說：「搞了一天，我不行了，快帶我回去，下次再帶我那幾個夥伴找你們玩。」

歹徒的秘密基地

　　巴弟忽然想起一件事，巴弟說：「酷魯我問你，你要老實回答，前陣子你老說聽到有人講話，是真的還是發燒引起的幻聽？」

　　酷魯晃著大腦袋，下巴滴著口水：「幻聽？哪來的幻聽？當然是真的，別忘了我的聽力強過你們一千倍，嗅覺強過你們一萬倍。」

　　「這麼厲害，那最近還有沒有聽見什麼？」巴弟摳摳下巴。

「後來就不曾再聽見了。」

巴弟眼睛一亮:「不如趁現在還早,我們去探險一下好不好?」

「天啊,會不會是鬼魂?」阿勇摸著腦勺。

「挫賽,要是碰到拿武士刀的日本鬼那才恐怖,我看還是免了吧!」

「酷魯帶路,我們去把事情弄清楚,免得一天到晚提心吊膽。」巴弟揮手。

酷魯晃晃腦袋:「那聲音聽起來離我們進來的山洞,可能還要深入許多,呵呵……裡面山洞太多了,還有得找,呵……」

「你們等我一下,我進樹屋拿火把。」巴弟從山洞口走過橫架木板進入樹屋,匆匆拿了兩支火把,並順手在百果樹上摘了幾根香蕉,丟給大家一人一根。

「這是什麼鳥洞陰森森的?上面還滴水——水——水——水——」山洞的迴音一直迴繞著痞子的聲音。

「應該是這個山洞沒錯,因為有食物的味道。」酷魯低頭東聞西聞,然後又開腳撒尿做記號。

「要命,撒了十幾泡了,哪來那麼多尿?」巴弟停下腳步等著酷魯。

「再一下……就……好……」酷魯強勁噴出幾滴,山壁被噴出一個小洞,酷魯露出滿足笑容收回狗腿。

「沒想到這個山洞這麼深,跟大師父帶我們去的山洞一樣,不過還好不會溼漉漉的。」巴弟揚起火把四處望去。

「小心!蛇——」痞子一個健步跳開,雙手一前一後張開,擺了一個太極架式。

一條小指粗的小蛇，一扭一扭走過，回頭對痞子做鬼臉伸出舌頭：「神經病！」

痞子學牠伸出舌頭做鬼臉：「神經病！嚕嚕嚕嚕——」痞子扭著屁股。

巴弟們在酷魯帶領下，一下左轉一下右轉，碰到雙岔路口，酷魯就噴尿做記號，巴弟心想若非酷魯帶路，進入這迷宮般的山洞鐵定迷路。

「啊——前面有光線了，原來這山洞是相通的，山老鼠們躲在這還真不易被發現，從我們來處若有個什麼風吹草動，這裡一定會聽到，要溜早溜了，而這頭又是一片大山，誰會想到由這進出？這比狡兔三窟還厲害。」

阿勇走得快，在前方二十公尺處招手，像是發現了什麼，巴弟們跑了過去。

「哇咧！什麼啊？這怎會堆了這麼多罐頭、飲料還有餅乾？就是吃一年也吃不完，唉唷！死痞子別擠，你要害我掉下懸崖是不是？」巴弟探向洞外拍拍胸口，原來這懸崖像一堵九十度的高牆，離地約三層樓高。

巴弟翻著山洞口的大批口糧：「嘻，這下爽了，沒吃的咱們就過來搬。」

「我要吃牛肉罐頭，不然豬腳也不賴，呵……呵……」酷魯高興的口水流了一下巴。

「哇！有錢耶——好多，你們看全是千元大鈔，這下咱們發財了！」麗莎蹲在地上一手拿著口樂，一手揚著一把鈔票。

阿勇把鳳梨空罐一丟，找來塑膠袋就要裝錢。

「不行！吃吃東西可以，偷錢絕不可以，那是小偷行為，我

們不幹。」巴弟想起學校老師教過的話，把錢放了回去。

　　「小偷？自命清高，我們還碰過強盜咧，想到就一屁股火。」阿勇沒說謊，看他屁股紅通通像著了大火。

　　一夥人大吃特吃，吃到一個個抱著肚子才走得動。

　　「吃飽了，溜喔！」巴弟縮著脖子踮著腳，痞子坐在巴弟肩上，「欽欽——鏮鏮——」幾個空罐頭被踢出山洞。

頭號槍擊要犯
——黑龍

　　敦化南路轉角，停了一輛BMW轎車，排氣管仍淡淡冒著熱氣，顯然車子並未熄火，車內駕駛座年輕人有點緊張，點菸持打火機的手微微發抖。

　　往後視鏡望去，後座一位留平頭年輕人，冷靜撥弄著手中佛珠，旁邊的一位正在閉目養神。

　　突然手機響起，前座駕駛嚇了一跳，香菸掉了下來，慌忙撥掉褲襠上的菸，後座接電話者面無表情說知道了，將手機插回

皮套,這是個月黑風高夜晚。

「龍哥,兔子剛離開飯店,沒坐司機車,計程車車號是……」

「大虎,不用講那麼多,重點是認清兔子長相別綁錯人。」

「龍哥放心,這老小子我注意很久了,尖酸刻薄為富不仁,是個標準的奸商。」

「有你說的上百億行情?」黑龍停止撥弄手中念珠。

「光是那家號稱六星級觀光飯店,價值就不止一百億,另外全省數百家房地產及股票四大天王的頭銜,龍哥,你說行情火不火?」

「這老小子夠陰沉,他連自己司機都不信任,若獨自一人絕不坐自己司機車而改搭計程車,並且不在自家門口下車,就是怕被人盯上,所以咱們在這巷口等他正好。」前座駕駛阿強說。

「那你憑什麼說在這能堵到他?」黑龍語氣冰冷。

「龍哥放心,電話是二虎打的,二虎假裝計程車司機,在他飯店排班排了兩個月,把他行程摸得很透。」

「夠義氣,二虎那份不能少,阿欽老母那也要送到,我阿龍有你們這些兄弟是死而無憾了。」黑龍露出難得笑容。

「龍哥別這麼說,阿欽在上次槍戰受傷自我了斷,換做是咱們也會這麼做的,一來毒癮難熬,二來就算不被槍斃,苦窯一蹲出來也已經老了,連給父母送終都不能。

大小案子統統往身上栽,不認就整你,捂毛巾灌辣椒水,肺腫得像豬肺那麼大,舉槍自裁一來不連累任何人,二來留得美名聲,算是報答龍哥把咱們當成生死兄弟。」

　　黑龍仍然撥弄著那串蜜蠟念珠，那是他母親在他當兵時，為他向一位密宗大師求來的，他母親跟他說，那串念珠經過大師加持非常靈驗，這點令他深信不疑。

　　因為好幾次與警察遭遇戰，他都毫髮無傷全身而退，冥冥中似有不可思議的護法神在庇佑。

　　因此只要他撥念珠，就表示正在掩飾內心的不安，也表示即將有事發生，而他右頰上的兩寸長的刀疤，也會現出明顯的暗紅色。

　　「阿強。」

　　「龍哥，什麼事？」阿強在駕駛座回頭。

　　「路線怎麼走清楚吧？」

　　「龍哥放心，計劃這麼久，絕對沒問題。」

　　「照子放亮給我避開臨檢。」黑龍聲音像從冰庫發出，令人不寒而慄。

　　「龍哥，兔子出現了。」大虎聲音興奮微抖。

　　阿強馬上將轎車熄火，以免發出聲響引起被綁者注意。

　　敦化南路口的計程車中，走出一位身穿夏威夷衫微胖中年人，付了車資後假裝在路口等人。

　　計程車走後他左顧右盼一番，才慢慢往自家巷口走，他的心情頗佳，右肩上勾著白色西裝哼著歌。

　　黑龍和大虎互使一個眼色，各從腰間掏出短槍並且上膛，趴在後座低頭傾聽，待皮鞋聲經過轎車，黑龍和大虎同時推開車門，一個健步已一左一右將槍抵在中年男子腰部。

　　「錢董借一步說話。」黑龍冷峻下著命令，抵著錢董的槍加了二分力道。

錢董面色大變，欲掙脫挾持已力不從心，街上偏又不見行人可以呼救。

　　阿強的車「唰——」的一聲退到旁邊，大虎一手開了車門與黑龍合力將錢董推入，錢董不肯就範用力掙扎，黑龍拿起槍柄憤怒朝錢董後腦大力敲下，錢董摀著腦袋被推進車內。

　　車子快速駛離現場往汐止方向疾駛，錢董摀著後腦的手有股溫濕感覺。

　　鮮血正從他的掌心汲汲冒出並從手肘流下，他將西裝摀在頭上鎮定說：「你們是誰？我不認識你們，你們找錯⋯⋯」

　　雖然錢董極力保持冷靜，但仍聽得出他的恐懼，只是他的話還沒說完，已被蒙了眼並封上嘴，大虎拿寬膠帶封了好幾圈，直到黑龍說夠了，才又將手銬將錢董銬上。

　　車子經高架一路飆到汐止，最後沿著山路經過一棟獨棟別墅，阿強探頭往二樓頂望去，看到一支綠三角旗插在頂樓鴿子籠上。

　　阿強按了一聲喇叭說安全，黑龍和大虎也探頭望了一下，過了一會大門打開，走出一名手牽一隻狼狗男子。

　　車子停妥關上大門，黑龍下車口氣不悅：「怎麼沒聽到狗吠聲？」

　　「龍哥，離這五百及二百公尺各鏈了一隻，可能知道是熟人所以沒叫，若是生人早叫了。」說話男子將手中狼犬鍊在大門邊。

　　「嗯。」黑龍對這答案還算滿意，大虎摟著男子肩膀：「龍哥，這是二虎我親兄弟，沒有案底請龍哥多關照。」

　　二虎鞠躬叫了聲龍哥，黑龍朝二虎點點頭說：「放心，我不

會虧待兄弟的，我的作風跟別人不同，第一⋯⋯」

　　黑龍雙手插腰：「我的作風是有錢大家賺，有飯大家吃，既然大家不嫌棄跟隨我，我就跟大家一樣，一分都不多拿，第二是付錢絕不撕票，這幾年咱們在道上算是小有口碑，反正付錢好商量，跟我玩花樣，哼，那就對不起了。」

　　「沒錯，龍哥待兄弟最厚道，不像有的大哥叫小弟賣命，拿到錢自己先拿七成，剩下給小弟分，當然帶不了兄弟的心。」大虎拍拍二虎肩膀。

　　「很多大哥就這麼被小弟幹掉的，二虎，龍哥綁的絕對是一些為富不仁的奸商，所以找他們拿點錢花心安理得懂嗎？」大虎的話讓二虎對黑龍更加敬重。

　　二虎說：「龍哥放心，二虎絕對跟龍哥同甘苦共患難。」

　　黑龍十分欣慰：「很好，把老兔子先關起來餓幾天，讓他沒力氣作怪，」黑龍下巴朝阿強抬了一下：「阿強幫二虎把老兔子先帶下去。」

　　阿強和二虎把人質押往地下室，黑龍打開電視看有無播報關於他的綁架新聞，黑龍連續吸了兩根菸，沒有播報關於他綁架的新聞，黑龍站起走進地下室，大虎跟在黑龍後面。

　　「櫃子推開。」黑龍命令。

　　二虎將牆壁上掛著的一幅大油畫取下，推開偽裝的壁櫥隔間，被綁在地下的錢董縮在一角，嘴裡發出嗚嗚聲音，那件白西裝上的血液已經凝固，染成一團豬肝色。

　　黑龍使了一個眼色，壁櫥重新歸位，絲毫看不出破綻，黑龍低頭沉思一會：「太靜了，把壁櫥上收音機打開，來點聲音才不讓人起疑。」

「是，龍哥電話什麼時候打？」二虎把菸丟掉踩熄。

「不急，晚點給他錄音後，到南部打保密電話放給他老婆聽，一口價匯到大陸，再由你去匯回來。

記住！不可跟任何人對話，不准留下通聯記錄。」黑龍彎腰將二虎丟在地上的菸蒂拾起，塞進二虎口袋。

「還是龍哥做事細心設想周到。」二虎不好意思摸摸頭。

「上去喝酒。」黑龍走上一樓，大虎、二虎、阿強跟著上樓。

「二虎，喝白酒？要不要……」阿強手上多了支針筒。

「找死，打那玩意會害死你們，連個菸都那麼難戒，何況那玩意，丟掉去！」黑龍臉色難看。

「是，龍哥。」阿強尷尬將針筒放回口袋。

桌上一瓶威士忌，阿強為每人倒了半杯，黑龍把酒瓶拿高，對著燈光晃了晃，打開窗戶將剩下的大半瓶統統倒掉。

「兄弟，不是我不讓你們喝，而是酒會誤事，不得不小心，後面還有很多事要辦，一步都不能錯，別忘了咱們犯的是殺頭的案子，咱們在跟全國的警察鬥智，所以得保持絕對冷靜跟清醒，喝點酒只是放鬆一下，千萬不能喝醉，二虎喝完讓那老兔子錄音。」

「是，龍哥。」

龍哥淺嚐一口，將酒杯在掌心溫著，閉目思考著事情。

黑龍是個智慧型犯罪高手，行事低調頭腦冷靜，自他出道以來，從不見他飲酒誤事。

一般犯案者唯恐活不過明日，故懷著今朝有酒今朝醉心態盡情享受，所以作風囂張，很容易被密報而繩之以法。

黑龍相反，他將綁架和勒索鉅款，統統藏起來，等到有機

會偷渡出去後，全面整容一番，讓所有人認不出自己，再慢慢享用那筆財富。

尤其他從不以老大自居，比別人多分一毛錢，所以跟隨他的兄弟，個個忠心耿耿，就算失手被捕，也不會出賣他。

「龍哥，錄音錄好了。」二虎上來，揚揚手中錄音帶。

「辛苦了，早點休息，明天到高雄放給他老婆聽，讓條子統統困死在南部。」

黑龍主控整個大局，一切都在他計劃中，一個星期後贖款匯了回來，黑龍拿到錢後，將錢董帶到南港公墓。

錢董「機智逃脫」後，檢調警統統由南部轉到北部山區搜索，黑龍早已帶著黨羽藏匿到中部山區。

治安單位雖投入巨大警力，卻被黑龍聲東擊西戰術，搞得焦頭爛額一籌莫展。

黑龍一再犯案且胃口愈來愈大，勒索金額愈來愈高，已造成企業界的恐慌，深恐自己會是下一個黑龍綁架的目標。

更有歹徒冒用黑龍名義，向企業家小額勒索，一般企業家不敢得罪他，紛紛一、二十萬元匯進歹徒帳戶，黑龍已成頭號追捕通緝要犯。

15

綁架電玩大亨

　　泰安休息站停車場，停了一輛嶄新黑色賓士轎車。

　　車內走出一名西裝畢挺年輕人走進販賣部，此時後座玻璃窗搖下，飄出一股濃濃雪茄味，顯然剛才那位是司機，後座吸著雪茄者才是老闆。

　　停車場另一角有輛捷豹跑車，駕駛座上男子目不轉睛盯著賓士車，幾分鐘後，走出販賣部的年輕司機，手裡捧著餐盒及飲料走回車內，接著車子緩緩倒車，然後開上高速公路。

一路上捷豹跑車始終保持距離跟在賓士車後面，車上男子講著電話：「一號黑馬領先，六號馬緊追在後，二號馬全力衝刺，賽事非常激烈……」

為了避免警調人員監聽，剛才電話是暗號，意思是目標出現在南下國道一百六十二公里處，而讓人疏忽以為只是播報一場不知名的賽馬。

兩輛車的車速極快，飆到一百八左右，直到車內雷達偵測器響起：「注意、注意，前方有雷達照相請減速行駛。」

賓士車減速下來，這時一輛警車從捷豹跑車左線竄出，警車車窗搖下，一位眼戴墨鏡警察，右手伸出指揮棒，口裡含著口哨朝捷豹跑車裡的人點點頭，捷豹跑車裡的人，朝前面那輛賓士車指去。

警車馬上響起警笛聲，右側員警吹著哨子揮著指揮棒，命令賓士車減速停車受檢，賓士車打了右側燈慢慢減速下來。

警車開到賓士車前面擋住去路，尾隨那輛捷豹跑車擋住後路，賓士車被前後包夾在路肩動彈不得。

警車內走出兩名員警，持槍將賓士車後座男子押上警車，並開了一張告發單給該名男子，該名男子看後神色大變，將罰單摺了又摺，摺成一小張交給司機說：「這張單子只能給老闆娘看，不准給其他任何人看。」

司機疑惑不解，警車開走後，司機偷看罰單寫著一億及一個國際帳號，員警姓名欄的簽章是黑龍二字。

車子一路疾駛，往豐原交流道出，過石岡經東勢，由天冷轉和平，消失往谷關方向。

山區某處廢雞寮，地上零散著一些飼料袋，黑龍靠在雞架

旁吸菸，神情落寞望著天上流逝的雲彩。

　　阿強和大虎兩人喝著悶酒，三十公尺外地上坐著一個憔悴中年男子，全身手銬腳鐐狼狽的被綁在一棵樹幹。

　　氣氛異常沉悶，被綁的中年男子面帶痛苦，不住挪動身體，彷彿在抵擋蟲蟻侵咬，被封上的眼與口，讓他分不清白天或黑夜，半個月來已被折磨得不成人形。

　　良久，大虎打破沉默：「龍哥，家裡還有人？」

　　「嗯，姐姐嫁人，只剩一個老媽媽了。」低沉的嗓音帶著蒼涼。

　　「大虎、阿強，你們跟我這麼久了，後不後悔？」黑龍吸著菸。

　　「龍哥，講那什麼話，這不是沒把我們當兄弟。」大虎說。

　　「對呀，就算不能同年同月同日生，也要同年同月同日死，爛命一條，就算事情碰上了，沒話好說，認了。」阿強喝了一口酒。

　　「嗯，你們不後悔，我倒是非常後悔，我常想，生命若是可以重新來過，我絕不混流氓，這是條不歸路，如果可以……」

　　黑龍望著天上雲彩搖頭說：「就算學個技術修修車，哪怕做個小工，那口飯也吃的比較安穩，不用這麼東藏西躲，怪只怪自己年少輕狂，不肯吃苦羨慕那些有錢人……」

　　大虎和阿強靜靜聽著沒有作聲，黑龍說：「以前我的想法跟你們一樣偏激，總為自己找理由，讓自己心安一點。」黑龍閉上眼嘆口氣：「還好，我發誓，這是我們最後一票，若是拿到錢就想辦法偷渡出去，然後金盆洗手，把我老媽媽接出去，過幾年好日子，彌補我的不孝。」

　　「他媽的，這痞子真能耗，半個月了還沒見錢匯入。」阿強菸蒂朝被綁男子彈去。

　　「那就慢慢耗吧，他不急咱們也不急。」黑龍輕輕吐出一口煙。

　　「把我弄火了，就倒罐可樂在他身上，讓螞蟻好好伺候他。」大虎猛然站了起來。

　　「大虎，不准這麼做，我們只跟他們拿點錢花，犯不著折磨人，他說金額大要時間，咱們就給他時間，別弄到最後黑白兩道都來追殺咱們。」

　　「追殺，哈，龍哥，不是我誇口，憑咱們火力，誰追殺誰還不知道咧。」大虎用力揮手。

　　「還是小心點好，咦？有輛車從山路上來，停在轉彎處。」黑龍及大虎機警趴下身子隱到樹後。

　　大虎拿出望遠鏡過了半响說：「龍哥是二虎，我聯絡一下。」大虎掏出一面小鏡子利用太陽光朝車內閃了三下，遠處轎車大燈也回閃三下。

　　「龍哥沒錯，我過去。」大虎站起。

　　「小心一點，把槍帶上。」黑龍朝轎車處指去。

　　大虎把腰間手槍朝黑龍拍拍離去，山腰轎車往上緩緩開去，大虎在路邊樹後現身，與車內匆匆數語手上多了一個提袋，轎車轉了一個彎從山路消失。

　　大虎回到雞寮，黑龍問：「二虎怎麼說。」

　　「龍哥，匯進去了，一毛不少。」大虎興奮得有點發抖。

　　「一億·」黑龍朝被綁架者望去。

　　「想不到這痞子行情這麼好。」阿強靠了過來。

「龍哥這是你的，這是阿強的，這是我的。」

「差那麼多，姜國凱，地址……身分證字號Ｑ100630……」

「龍哥先化妝等會再背吧，眉毛拔細一點，我先幫你把頭髮剃掉戴上銀框眼鏡，這套袈裟穿起來，再戴上這串一百零八顆念珠，還真有大師架式。」

「嗯，你們也趕快換，咱們是同門師兄弟，出家人在山裡進出本來就正常，手槍藏在僧袍看不出來，很好！二虎辦事能力不錯，人呢？」

「我們約好天黑以後見，龍哥，這痞子怎麼處理？」

「謝謝他囉，晚上把他帶到公墓，解開他的手銬，什麼時候磨斷自己身上鐵絲就什麼時候自由，給他個自行逃脫理由，好歹他也是道上混的，給他留點面子。」

天黑後，二虎依約前來，黑龍他們離去，到了第二天各大報頭版刊載——電玩大亨機智逃脫。

而警方獵龍計劃陷入膠著，只好先逮幾個黑道混混暫杜輿論悠悠之口。

歹徒全面追殺巴弟

　　寧靜山區有幾名出家人默默行走，約十名泰雅族勇士，為了尋找傳說中雪怪，也從雪霸林區轉入八仙山林區。

　　這個由泰雅族選出的勇士分為兩組，每組十人每次十天由村長和頭目輪流領導著族裡勇士，展開獵雪怪任務。

　　雖然任務執行已歷時半年仍一無所獲，但是初征時，確曾擊傷雪怪並有多人見證，為此族人踴躍捐獻，成立雪怪基金會。

有了經費贊助，這兩組泰雅族勇士，從雪霸林區一路搜索，現已擴大到整個八仙山林區。

這荒漠的林區，不知何時出現了三僧一俗，他們的出現，頓時令這山區憑添幾分神秘，他們一路行走不發一語，顯然他們已走了許久的路，由他們溼透的袈裟可以證明，此刻天剛破曉。

「停——」為首一人發出警告，大家停止了腳步。

「大虎，這些空罐是不是我們的？」黑龍撿起了一個空鐵罐。

四支手電筒的強光集中照來，大虎反轉空罐：「龍哥，這底座貼的價錢標籤是同一家買的沒錯，鐵罐還沒生銹應是剛丟不久。」

「照子放亮咱們瓦房被人踩了。」黑龍說完，眾人紛紛掏出手槍，形成出家人持槍極不協調畫面。

面對陡直峭壁無法再進，黑龍將隱藏在山壁隙縫樹藤拉出往上爬去，不一會四人都爬了上去。

「把樹藤收上來。」黑龍下令。

「龍哥真細心，這樣誰都上不來。」二虎打心眼裡讚歎。

黑龍從洞內岩壁摸出火把點燃，對著洞內食物照著。

阿強蹲了下去，東翻西掏找出一只鐵箱，並在鐵箱四周撿起一大把鈔票：「龍哥，錢被動過可是沒少，會是什麼人？」

「奇怪，哪有人不愛錢的？難道……不可能，猴子還沒聰明到會開罐頭，會是什麼人？」大虎自言自語。

「不管是誰，他發現咱們藏身處，就會報警領取鉅額獎金，所以務必把這神秘者找出，咱們往另一頭找去。」

黑龍四人高舉火把，持槍往前搜尋。

「龍哥你看。」大虎蹲了下去，聲音在洞中迴繞，氣氛十分蕭殺。

「香蕉皮還沒乾，應是昨天丟的。」黑龍檢查著手上的香蕉皮，臉上充滿濃濃殺氣。

大虎數著地上的腳印，露出不解神情：「奇怪，兩組小孩子的腳印，一隻熊的大腳印，一隻像雲豹的腳印，還有山雞的腳印。」

阿強抓抓頭說：「難道真有泰山？」

黑龍瞪了阿強一眼：「你電影看太多了。」

「奇怪！這像人的腳印為什麼有的留下全部腳印，有的留下一半的腳印？」阿強和二虎也蹲了下來，研究著地上的腳印。

黑龍雙手抱胸：「腳印來的時候留下全部腳印，而且腳印很深，表示走的較慢也表示虛弱與饑餓，靠近咱們存放的乾糧留下腳尖，表示奔跑過來，腳尖後的一些塵土是奔跑時，腳趾帶上來的。」

黑龍手指指向乾糧：「倒是吃飽後為什麼踮著腳尖走路，就令人不解了，而且那隻山雞的腳印，為什麼平白消失了？」

大虎看看黑龍：「是不是被大熊或雲豹吃了？」

黑龍搖頭走到洞口：「連蜘蛛網也被清過。」黑龍上下打量著洞口被破壞的蜘蛛網。

黑龍似乎看見什麼，將火把舉得更高，往下指去：「噓——不要講話，樹上有樹屋還住著人，正做著春秋大夢。」

「龍哥裡面有個小鬼、大狗、土貓和猴子，啊，還有一隻貓頭鷹，龍哥我看這小鬼有點來歷，否則怎麼搞定那幾隻畜牲。」

二虎輕聲說。

「怎麼處置？」大虎冰冷的問話顯然動了殺機。

「那還用問，婦人之仁只會給自己帶來禍害，想辦法過去抓他們。」黑龍的話像從牙縫迸出帶著兇狠。

「龍哥，過不去，我們得從旁邊爬藤下去，從樹下抓他們。」

「走，行動！」黑龍四人在岩壁攀爬著。

「巴弟，巴弟！有人。」酷魯兩耳豎了起來。

「噓——我聽到了，麗莎、阿勇快起來，痞子！痞子！」

「天啊！叫屁啊，多睡一下會死啊。」痞子摸摸頭，朝酷魯頭上打去：「死狗，又做水災。」

「山老鼠來了，我有強烈預感他們會殺人滅口，酷魯快把木板架起，大家趁現在快跑。」

「快！快跑！」木板傳來一陣吵雜聲。

「龍哥，他們從上面跑了，快追！」

「砰——砰——砰——砰——」

子彈往巴弟耳邊飛過，射到岩壁迸出火花，巴弟們跑得更快，一行人在公路狂奔，跑了三十公尺，巴弟發覺路上沒有呼救對象，於是趕緊往樹林躲藏。

追逐的腳步聲在公路響起且愈來愈近：「他們躲進樹林了，追——」

「大樹後面——別讓他們跑了——」

「砰——砰——砰——砰——」

「什麼東東砰砰叫，嚇死人了。」痞子頭毛豎了起來。

「閉上你的鳥嘴快跑。」

「挫賽，他們來真的，這下死定了。」咻——咻兩聲，草叢不住晃動，麗莎和阿勇露出四隻眼睛，急促喘著氣。

「砰——砰——」又是兩聲槍聲，子彈往巴弟髮際飛過，巴弟被樹根絆倒，身子像球一樣向前滾去，一直滾到溪邊，巴弟跌得七葷八素眼冒金星，酷魯用頭將巴弟頂起，跨過小溪隱在樹後。

巴弟喘著氣偷看對溪動靜，雙腳不住發抖，酷魯伸長舌頭淌著口水。

麗莎抱著巴弟左腿，痞子抱著巴弟右腿，阿勇從樹上爬下高興說：「救兵來了，是咱們泰雅族勇士，等下裡應外合，將這幾隻山老鼠一網打盡。」

「真的？」巴弟踮著腳看去：「啊，沒錯是泰雅族的，等下我們從這面衝出去，我……我……」

「天啊，你幹什麼，別對準我，你那隻水槍敢噴到我，我就跟你拼了，我發誓一定把你剪掉，救命呀！」

「我一興奮就想尿，半分鐘都忍不了。」巴弟對著草叢尿了出來，痞子在巴弟腳下左右閃躲。

巴弟尿完打了一個冷顫：「噓——馬上有好戲可看，聽聽他們怎麼說？」

「大師你好，阿彌陀ㄈㄨㄛˊ，小弟是泰雅族頭目何大拉，剛才聽到你們放槍，是在追什麼的啦？」

黑龍按著袈裟內的手槍，裝出一副慈眉善目說：「出家人慈悲為懷，實不相瞞是這位護法居士，為了本門鎮寺之寶被盜，逼不得已才開獵槍示警。」

「請問什麼鎮寺之寶的啦？」頭目何大拉好奇問。

「呃,那是本門六祖惠能大師的法衣,是非常珍貴的。」

「啊,小弟略有耳聞,本來無一物,何處惹塵埃,聽說那件法衣很值錢,應該值個一百萬的啦。」何大拉雙手合掌。

「一百萬,施主說笑了,那件法衣是無價之寶,施主如果能協助本寺將歹徒抓回,本寺願贈一千萬酬謝,功德無量。」黑龍豎直單掌微微頷首。

「一……一千萬……聽到沒有?勇士們,呀呵——娜魯彎豆伊呀嘿——」頭目高興的跳起來。

「呀呵——娜魯彎豆伊呀嘿——」泰雅族的勇士跟著跳起來歡呼。

「大師,歹徒長得什麼樣的啦?」頭目問。

「好像是個長髮的野孩子,帶著幾隻畜牲,動作很快,像陣風一樣不見了。」

頭目轉身將所有隊員都拉到旁邊,圍成一圈:「聽到沒有是小雪怪。」

勇士們一聽,又要跳起歡呼,頭目制止:「不要洩露。」

「大師,你看到歹徒往哪個方向逃跑?」頭目合掌。

「跨過小溪就不見了,大家分頭追去,別讓他們跑了。」

頭目抽出彎刀,朝小溪這邊撒了一把小米,就與黑龍他們分頭追捕巴弟。

「慘了,一股人馬變兩股,快溜!晚了就沒命了。」阿勇抱著巴弟大腿。

「痞子找路、酷魯帶路,大家不要走散了。」巴弟喊著。

痞子飛起來選好路線,酷魯帶大家往前衝,一路截彎取直,少遠了許多冤枉路,但是他們跑了一天的路,仍驚魂未定陷

183

在獵怪精英包圍中。

「咚咚咚——咚咚——咚咚咚——咚咚——」

「挫賽，這麼三長兩短的鼓聲吵了一天，不知吵什麼意思？」麗莎摀著耳朵。

「這是通知同伴，說他們跟著我們足跡沒有跟丟。」巴弟累了躺在石頭上休息。

「挫賽，該聰明時不聰明，抓我們倒聰明了。」花貓麗莎累得抱緊樹幹。

「天啊，怎麼繞來繞去都是森林，我們會不會是迷路啊？巴弟呢？巴弟死哪去了？巴——弟——」痞子大聲喊叫。

「咚咚咚——咚咚——」

「死痞子一鬼叫又被發現了，那鼓聲真是魔音穿腦、陰魂不散。」

「巴弟，我們是不是像無頭蒼蠅一樣亂飛亂闖，又沒星象又沒指北針，會不會鬼打牆把我們困住了？」痞子夾著翅膀。

「不會，我們向南走就對了。」

「你怎麼確定我們是向南走。」

「看樹輪就知道。」

「怎麼看？」

「那還不簡單，這些被盜採的樹輪一圈一圈，是不是不規則的呈現？」巴弟蹲下手指在樹輪上描著。

「沒錯，嗯……一圈一圈，一邊細相對的一邊寬。」

「我們只要往寬的方向走就是南方，因為植物生長有其一定向陽性，樹輪寬的一面，一定是陽光從此處照射多，於是產生樹輪就有細有寬，往寬的一面走下去，一定就是南方。」

「挫賽，那不是反而要感謝山老鼠，若不是滿地被鋸倒的樹輪可以辨識方向，我們早就迷失在黑森林了。」花貓麗莎感慨說。

　　「若再走下去，沒有樹輪可認不是傻眼了？」阿勇抓著頭。

　　「笨啊，同樣道理，樹葉比較茂盛的一邊就是南方。」

　　「那不一定，有些樹就看不出來。」阿勇不服氣辯著。

　　「那就看樹苔或石苔也可以，有苔的一面比較陰溼就是北方，了解？」

　　「巴弟，我又餓又渴走不動了。」酷魯渾身發亮的黑毛，一根根無精打采垂了下來，渾身髒兮兮像隻流浪狗。

　　酷魯的話像傳染病一樣，聽到的每一個都說又渴又餓，偏偏一早逃出時什麼都沒帶。

　　巴弟思索著如何取得食物和飲水。

　　「附近找找有沒有竹子，竹節裡有水，竹筍可以充饑。」

　　「巴弟，我們找了半天，什麼都沒找到。」阿勇說。

　　「那邊有一片開小白花的山茼蒿可以摘來吃。」巴弟眼睛一亮。

　　「挫賽，沒鹽沒味怎麼吞的下？」

　　「怎麼沒鹽？那塊大岩石刮些粉末就是鹽。」

　　「找死，吃石粉不怕結石？」痞子捂著嘴巴。

　　「那塊岩石上有貝殼化石，可見它曾是海裡的礁石，所以表層一定有海水結晶鹽。」

　　「為什麼不用火煮來吃，生吃多噁心？」酷魯發著牢騷。

　　「千萬不能用火，會被歹徒發現，其實生吃也挺不錯，你閉起眼想像吃膩了牛排，正在享受法國生菜沙拉，是不是很爽

口？」

「想像不出來，總覺像牛在吃草。」酷魯翻翻白眼。

「你再努力想想，一塊塊的牛排正烤著巴比Q，旁邊一個惡棍，嘴上刁著雪茄，光著膀子的上身，刺了光屁股女人和毒蛇圖案。」

「然後呢？」酷魯聳肩。

「他從烤肉架上叉起牛排卻掉到地下，牛排上全是土，他兇惡的撿起來丟到你盤子裡，怎麼辦？」

「確定是牛排？」酷魯眼睛亮了起來。

「確定，每塊一斤重。」

「太好了，我會高興的吃掉。」酷魯嚥了一口口水。

「你才吃完，他又丟一塊到你盤裡。」

「用丟的！服務態度那麼差？呵……好可愛。」

「吃不吃？不吃揍你。」

「當然吃，呵……我正餓著呢！」

「牛排只有一分熟，你的叉子叉下去，血水統統流了出來，裡面的肉是軟軟爛爛的。」巴弟咧著嘴一副噁心樣。

「傻瓜，撒些沾醬很正點的，呵……」酷魯擦著口水。

「吃快點啊，因為他又丟來了一塊，而且烤架上還有一推正在烤著，地上還醃了一桶。」

「可以吃幾塊？」

「統統得吃完。」

「嗝，我好像有點打飽嗝了，呵……」

「那惡棍生氣了，拿著棍子站到你旁邊。」

「幹嘛？我已吃幾塊了？」

「正要吃第四塊,而且要吃快點,因為你得全部吃完,那惡棍才能下班,你吃這麼慢他當然生氣。」

「四塊?那就是四斤了,你說烤架上還滿滿的,地上還有一桶?哇!我感到又渴又膩,我可以喝點可樂?」

「惡棍不答應,而且高興得冷笑。」

「為什麼高興?」

「因為你吃不完所有的牛排,他就可以把你煮成香肉火鍋。」

「我……我吃得好膩,而且我好想吃點法國沙拉。」

「這時你很無助,於是拼了命又吞了六塊。」

「我真的要吐了,哇——」酷魯搗著嘴忍耐著。

「不行!地上還有一桶牛排沒烤。」

「拜託!別再提牛排兩字,我真的會吐,快給我沙拉吧。」

「真的想吃沙拉?」

「想得要死,別再吊我胃口,我求求你了。」

「好吧,拿去吃。」

「山茼蒿沙拉?」酷魯捧起大碗公往嘴裡倒。

「有機的,滿意吧?喂!細細品嚐嘛!你那狼吞虎嚥樣子太粗獷了吧!」巴弟按著腦袋。

「挫賽,神精病。」麗莎看巴弟和酷魯對答,在耳邊併起兩指。

痞子突然撲著翅膀尖叫:「火——火從前面燒過來了。」

麗莎弓起背毛髮豎起,阿勇臉色慘白從樹上跳下:「天乾物燥,前面一片火海燒來,怎麼辦?」

巴弟沒有片刻遲疑,衝到火邊燃起一截木頭就往回跑,並

點燃腳下乾草，火勢迅速蔓延開來，燒出一個圓的空地。

「你瘋了，你想自殺犯不著拖我們一起死，救命啊！」痞子夾起雙翅朝著天拜。

「叫屁！現在大家躲進這塊燒過的空地就安全了。」巴弟們躲進燒過的空地。

一片火海迎面撲來，所有動植物都哀鴻遍野難逃一劫，枯木燃燒產生的爆烈聲及大火伴隨焚風，有如火上加油將整座森林摧毀，火勢一路蔓延四射，傾倒的殘木仍有餘焰像火蟻啃食著樹心，原有茂密森林已是寸草不留，只剩下一片焦黑與荒涼。

火煙中混合著令人幾乎窒息的熱氣，焚風中有琵琶快速撥動的琴弦，彈奏著十面埋伏的奪命曲，肅殺的氛圍帶著濃烈的硫磺煙硝。

野火焚過的土地上，剩下兩棵樹幹被燒成焦黑的紅檜與二葉松，但見此十人無法環抱的千年紅檜巨木，緊閉雙目、盤坐運氣。

另一棵高瘦百年二葉松，如披頭散髮滿面黑灰的瘋婆子，只見她口中含著一把染毒松針，「呸——」的一聲往千年紅檜身上射去，松針一根根呈劍陣排列「破——」的一聲到了離千年紅檜一尺處，千年紅檜雙手伸出，大呵一聲「御劍術——」松針在紅檜四周運行，忽高忽低呈波浪狀，千年紅檜雙掌往外一翻。

「去——」松針像條劇毒青蛇往二葉松身上撲去，「嘟——嘟——嘟——」二葉松身上插滿松針，二葉松面色一變露出悲愴神情，由丹田運上一口真氣，只見她渾身一陣狂

抖，運出十成功力，預備將自己樹身折斷往千年紅檜身上撞去，與千年紅檜同歸於盡。

千年紅檜被二葉松連續攻擊，先由松風彈奏十面埋伏，斷魂琵琶擾亂千年紅檜心智，趁其分心射出劇毒松針，並放出三昧真火不惜兩敗俱傷，但千年紅檜似早有防範，雖說千年紅檜此時已身受重傷，仍多屬筋骨皮肉，尚未傷到五臟六腑。

但千年紅檜沒有想到，二葉松準備發出最後玉石俱焚的絕命招式，千年紅檜心中一驚，以層層密不透風樹葉封住雙耳及頭頂百匯穴，就在二葉松準備由高而下，將口中劇毒混合易燃松脂往千年紅檜百匯穴，亦即生死穴撞去，準備同歸於盡時。

千年紅檜大呵：「住手！松婆子——」

二葉松仰天狂笑：「怎麼？怕了！哈哈哈哈——」

千年紅檜嘆了一口氣：「這麼多年了，妳非但不放手，沒想到卻愈來愈激烈，

不但要與我同歸於盡，還偷偷放火燒林，如此造成生靈塗炭，妳一點都不難過嗎？」

二葉松擦去滿臉黑灰說：「沒有根據的事別亂說，別以為妳整天吃齋念佛就了不起教訓人，妳說我放火可有證據？妳說我造殺業，我還說妳造口業呢！」

千年紅檜冷笑一聲：「妳騙得了別人，騙不了我，我觀察妳已經很久了，別忘了我在這已超過千年，而妳是由一隻小鳥啣來的一粒種子，然後抽枝發芽，到今天我仍記得當年妳那小樹苗的清純模樣，只是沒想到妳會變得如此心狠手辣。」

百年松樹甩頭冷哼：「那又如何！妳在倚老賣老要我稱妳一聲婆婆是嗎？」

千年紅檜正色說：「稱呼並不重要，我也無須倚老賣老，我只是勸妳放手，我知道你天生辛苦，生在如此貧瘠土地，並努力向上長高長壯，養了一堆孩子掛在樹梢。

我知道妳是個偉大的母親，為了提供孩子一個安全的生養環境，不惜在松針上染下劇毒，使妳松針覆蓋的樹下寸草不生，這還不夠，還偷偷滴下松脂，利用樹枝搖晃磨擦，藉由陽光高溫發出火星造成森林火災，」

千年紅檜話未說完，二葉松憤怒搶著話說：「如妳所說，既然知道我舖下的松針有毒，寸草不生表示我已明白告知，但就是有些白目裝傻賴著不走，我能不放火燒他們嗎？」

千年紅檜閉目長嘆：「但妳不覺得妳的行為太自私了嗎？妳放火將別人的孩子燒死，好將妳養了一年的松果寶寶生下來並佔有這片土地，妳太激烈了，並且還不惜向我挑戰下毒手，我坦白告訴妳，我能活到千年被人稱為神木安享天年，也不是浪得虛名的。」

千年紅檜掩不住激動：「我在一千年前就已注定了我將成為神木，因為樹種的關係懂嗎？而妳，無論如何也只能稱為老松而不能稱為神木，為什麼妳明白嗎？

因為凡木和神木樹種不同，因為我們基因不同，讓我說得更白一點，妳爭不過我的，妳永遠不可能把我燒死取代我成為神木的。」

二葉松被千年紅檜數落得臉上一陣青一陣白，惱羞成怒雙手狂揮：「什麼神木、凡木自抬身價，誰又知道一千年前妳的先人為妳做了什麼卑鄙事，讓妳有個好環境平安長大。」

二葉松冷笑道：「我看也幹不出什麼好事，我想不是放毒

就是放蠱,只差不會放火是吧!」

「我的先人不會做出放毒的事,放蠱更是不可能,請妳不要污衊他們。」千年紅檜合掌。

「哼!別欺侮我年輕,好歹我也活了百歲,森林裡的鬥爭雖不用動刀動槍打打殺殺,但生存遊戲我也看了不少。

你的先人雖不用養五毒放蠱害人,但是教妳一副慈眉善目,以大片樹蔭讓野獸遮風躲雨,讓人以為妳安好心也騙不過我的。

哼!誰不知道妳們騙腦漿如豆的笨山豬來住,在樹下尿尿排便為妳施肥,並將其他幼小樹種當小麥草咬來吃掉,這種偽善借刀殺人,這不是放蠱蠱惑人是什麼?假藉吃齋唸佛清高,得了吧!別再唱高調,老肥婆!」

千年紅檜沉痛搖頭:「我以為今年夏天妳增長一歲,思想會變得較純潔,沒想到妳不但思想邪惡還放火燒林,那麼我就坦白告訴妳,讓妳死了心。

你想含毒由高而下撞向我的百匯,放火與我同歸於盡,那是不可能的,我勸妳井水不犯河水,別再白費心機,否則妳會自食惡果遭雷劈的。」

「那就走著瞧!哼!老肥婆!」松婆子將臉往旁撇開。

麗莎不知道叢林真相,以為是歹徒放的火,大罵:「用火攻也不管會不會火燒山,簡直是禽獸不如。」

「別罵了,等下就要開始搜山,快跑吧!」巴弟招手。

「有烤雞的味道,好香。」酷魯閉起眼享受那香味。

「嘿,那是竹雞來不及跑變成烤雞,」巴弟叫著:「把烤雞帶著,邊跑邊吃。」

秋季四邊形與天狼星

　　巴弟們又經過一天逃亡，已從八仙山林區進入惠蓀林區，為了躲避獵人，巴弟遶過霧社風景區，經春陽過碧湖，進入了奧萬大森林區，此時天色已完全暗下。

　　「不再有三長兩短的鼓聲，耳根清淨多了，現在應該安全了，坐下來，坐下來！哎唷唷啊！兩腿好酸……」

　　「巴弟，方向沒弄錯吧？」阿勇問。

　　「不會錯，你們看，北極星對過來的南十字座，它就是南方

192

的指標，它是全天八十八個星座中最小的一個。

　　但重要性和北極星一樣，所以它成了澳洲國旗的星徽，澳洲在哪你們知不知道？」巴弟翹著二郎腿指著書。

　　「在哪？」

　　「在……我也不知道，嘻……我也是看這本星座圖鑑說的。」

　　「書上還說些什麼？好久沒聽巴弟畫唬爛了。」痞子將頭湊到巴弟書前。

　　「嘻……南十字座附近的銀河，有好幾億顆璀璨的星星，你們看它左邊那顆星的下方稱為寶石箱。」

　　「寶石箱？」麗莎望向星空。

　　「對，像是收藏了許多光采奪目的鑽石般閃閃發光，這叫做散開星雲，你們注意看，寶石箱的下方有一處黑暗星雲。

　　它看起來像不像一袋黑色的煤炭？所以又叫煤袋，秋季的黃道，會經過金牛座的畢宿五。」巴弟指向星空。

　　「嘿，你軒轅十四，阿勇南河三，我是天津四又出現個畢宿五，這傢伙聽起來好像有點來歷啊。」痞子伸伸懶腰躺在巴弟旁。

　　「這顆星是紅色的一等星，啵亮！我剛講黃道會經過畢宿五，然後經過白羊座、雙魚座、寶瓶座、魔羯座，然後是飛馬座……」巴弟手指朝星空一一指著，此處沒有光害，天上星星又亮又近，彷彿用手就可摘到，使人有種如夢如幻的感覺。

　　「飛馬座？怎麼看不出飛馬的樣子，巴弟，你這是課外教學，可別誤人子弟亂教啊。」痞子站起踢巴弟一腳。

　　「嘻，飛馬是四腳朝天倒著飛的。」巴弟手摸後腦勺。

「挫賽，原來要噘起屁股倒著看。」麗莎彎下腰倒著看。

「飛馬座的胸前，有沒看到四顆正方形的星星？這就是有名的——秋季四邊形。」

「讚喔，現在我們認得了夏季大三角，又認得了飛馬座的秋季四邊形，嗯，星空的確變得有趣了。」痞子張開翅膀。

「你們找到了秋季四邊形，再往北就看到了仙女座和仙后座，仙后座的旁邊，當然是仙王座了，再旁邊就是天鵝座的天津四。」

「我是天津四，巴弟你說說酷魯是不是傻瓜星座？」

「嘿，說到酷魯你們看見旁邊的大犬座嗎？牠可是大有來歷唷！」巴弟拍拍酷魯頭，酷魯雙掌握在嘴前。

阿勇猛搖頭：「一個愛瞎掰，一個夠噁心。」

「這不是瞎掰，是古希臘傳下來的神話，是人類祖先智慧的結晶。」

「呵……巴弟別再提結晶，你看阿勇樣子好像要殺人。」酷魯伸舌眨眼。

「那麼偏激？好吧！話說這個大犬座，有一顆全天最亮的星叫做天狼星，它的光度是負一點五。」

「對不起，呵……你說我是最亮的天狼星，為什麼亮度是負的？」

「嘿，酷魯對事物探討很有求知精神，牠問到了一個很重要的問題。」

「挫賽，你直接講吧，阿勇頭頂慶煙了。」花貓麗莎說。

「慶煙？嘻……別慶，我講快點注意聽，星星的亮度數字值愈小，表示它的亮度愈高，天狼星發的是青白色的鑽石光

芒，距離地球八點七光年。

如果實際計算距離，天狼星離地球是二百五十九億二千萬公里，乘以三百六十五又四分之一，再乘以八點七，這樣明白嗎？」

「巴弟，呵……」酷魯舉手。

「有問題？」巴弟把書闔起來。

「阿勇抽筋了，口吐白沫，呵……騙你的啦。」酷魯一手摀嘴，一手比了一個YA。

巴弟說：「你們記住大犬座最亮的一顆星就是天狼星，在希臘神話中，天神宙斯的姐姐名叫蒂美樂，是掌管農業的女神。

她有一個美麗又善良的女兒名叫波絲芬，波絲芬有隻愛犬名叫泰雅士，她倆經常協助母親，除去在人間作惡的妖獸。」

「泰雅士，泰雅族的勇士真是說我？」酷魯雙掌捧著一張大臉眨著眼。

痞子張開雙手：「這傢伙搞了半天是個GAY吧！」

巴弟聳肩：「最有名的一次就是除去了奧林匹斯山北方的女妖莎樂美，並且將女妖的頭，丟到奧林匹斯山的火山口，讓女妖化為灰燼，永世不得作惡，而女妖的哥哥杜波傑知道後非常憤恨，發誓要替妹妹莎樂美復仇，還要繼續？嘻……」

「挫賽，一直講下去，要你停我們會喊。」麗莎作勢打人。

「杜波傑法力非常高強，他化身為一隻火麒麟，不但會噴火，還會吐毒氣。

在一次遭遇戰中，公主波絲芬不小心，被火麒麟頭上的犄角刺傷，波絲芬叫大犬泰雅士快逃，泰雅士無論如何也不願獨

自逃命。

為了救公主，泰雅士將口中的夜明珠塞進波絲芬的口，這顆夜明珠可以護住元神永遠不死，若是失去夜明珠，則會魂飛魄散永世不得超生。

大犬泰雅士為了救公主，不顧一切將夜明珠給了波絲芬，並且和火麒麟展開一場殊死戰，嘻，可以喝口水再講？」巴弟張口吐舌摸著後腦。

「屎尿，不准，繼續講。」麗莎掐著巴弟脖子，巴弟哈哈笑著。

「泰雅士明知不可為而為之，目的是在做拖延戰，以便公主趕快甦醒，但是當波絲芬傷勢復元時，可憐的泰雅士卻戰死了，公主悲傷欲絕，最後終於除去了火麒麟。

可憐泰雅士的身體，因為失去了夜明珠，而逐漸消失化為塵土，公主波絲芬傷心過度終日不食，身體也一天天消瘦快要死了。

公主波絲芬問母親蒂美樂，為什麼她對泰雅士的感情這麼深，像是一對戀人一樣，於是她的母親又說了一個淒美的故事，嘻……」

「天啊，一個接一個，真會拖屎連。」阿勇捶頭。

「既然阿勇不喜歡，我看就別講了。」巴弟攤開雙掌。

痞子站在巴弟肩上，雙手插進巴弟兩個朝天鼻孔用力往上扳威脅說：「講不講？」

巴弟吱吱笑著說：「好！我講，我講！我剛剛說她母親說了一個淒美的故事，她母親說泰雅士本是希臘雅典的王子，有一次到一座黑森林去狩獵，結果遭到祭司陷害。

祭司在黑森林中施咒，化身為九頭龍來取泰雅士性命，就在千鈞一髮最危急時，森林裡有一隻白鴿出現，牠叫泰雅士跟著牠走，救了泰雅士的命。

　　當時泰雅士發了一個誓願，有一天一定要還這個恩情，所以你們在一起出生入死已經好幾世了，那隻白鴿就是當年的妳，而大犬就是泰雅士，因為妳們之間曾有這麼一段因緣，所以妳失去了泰雅士才會這麼傷心。」

　　波絲芬跟她母親說：「親愛的母親，我曾救過泰雅士一命，但他卻將夜明珠給了我，他正在消失即將化為塵土啊！如此讓我獨活又有何意義？」

　　巴弟裝出楚楚可憐少女聲音，接著又裝出老婦人聲音說。

　　「不要擔心，我去告訴妳的舅舅，宇宙中的主宰，萬能的天神之父宙斯，祂有高度的智慧，一定能想出一個好辦法的。」

　　這個問題讓天神之父宙斯傷了好多腦筋，最後終於決定讓泰雅士重承諾的精神，永遠讓人紀念，就將天上最亮的一顆星天狼星，封給了大犬泰雅士。

　　所以若仰望星空，在冬季的南方，可以更清楚看到，大犬座永遠擋在上方的麒麟星座與下方的天鴿星座之間，大犬泰雅士永遠保護著天鴿。」*註：見冬天大三角星空圖。

　　「好感人唷。」酷魯歪嘴伸舌陶醉在剛才故事中，大家仰頭望向天空，突然好幾顆流星拖著尾巴劃過星空，巴弟大叫：「快禱告！若在流星消失前所許的願都會實現。」

　　巴弟們閉目禱告，可是每次都還沒禱告完流星就消失了，巴弟們心中感到非常惆悵。

　　巴弟拿出陶笛吹奏著銀河鐵道列車，傷感的音符與歌詞，

讓人聽了想起母親。

「秋天的星辰閃著希望的眼眸，
堅定的信念使我們忍著哭泣，
倔強的淚水含著無限的委屈，
凝視著遠方早已定好的目標，
用手在星空描出媽咪的臉龐，
永遠不忘記媽咪慈愛的叮嚀，
希望這個世界沒有冷酷黑暗，
為所有孩子畫出美麗的銀河。」

巴弟五人腕勾腕，動作劃一跳著自創的舞步，星星是他們觀眾，風兒為他們合聲，雖然沒有父母的呵護與疼愛，他們如兄弟般互相關懷，雖然他們又冷又怕。

但是只要天光會亮他們就有希望，深秋的夜晚他鄉風寒露濃，他們緊緊依偎取暖，睡著了就忘了飢寒，夢裡想要什麼都有，媽咪會在夢中將他們摟入懷裡。

18

野外求生

　　天微亮，痞子眼睛蒙著布，手裡拿著一支竹筷，像盲劍客一樣聽音辨位，草地上的蚱蜢騰空躍起，痞子一個轉身。

　　手中竹筷已唰唰唰連揮三劍，痞子拿掉蒙布，蚱蜢一個彈跳往痞子眼前掠過，做著鬼臉伸出中指，消失在草叢。

　　「小王八蛋，最好別被我逮到。」痞子氣得在地上蹦蹦跳。

　　「睜著眼都逮不到還蒙著眼，笑死人，真是挫賽。」麗莎冷笑朝痞子搖頭。

「誰說的，我早吃飽了，現在是練劍，哪像妳抓了一個早上，也沒抓著半隻老鼠，啊——呵……呵……呵……可憐的老花貓，大屁股該減肥了。」

「來來來，吃早餐了，大家都來唷——」巴弟熱情著招呼著。

「天啊！又要觀想了，好油膩的法國大牛排，好豪華的生菜沙拉，已經連吃好幾天，吃得渾身輕飄飄，尤其那個橘子，酸得我的牙都軟了，死巴弟偏要我把它想成水蜜桃，還要面帶幸福甜蜜微笑。」阿勇想到酸橘，一張臉縮得像個包子似的。

麗莎看著眼前一些酸橘、山茼萵及今天新開發的新產品豬母奶，嚼起來嘴角還流著白色乳汁。

「巴弟硬說那是最高級的植物蛋白，比深海魚油更補，媲美法國白松露，是啊！是有異香，光聽名字就知道，我的媽，唔……」

麗莎搗嘴衝到樹後，過了半天搖搖晃晃回來。

酷魯軟趴趴的趴在地上，用爪子點著眼前的元氣早餐：「到底要吃哪一個？山茼萵——NO，到底要吃那一個？酸橘——NO，到底要吃哪一個？豬母奶——NO。」

巴弟看酷魯用爪子點了半天，一樣也沒吃卻選擇睡覺，巴弟心情不好拿出陶笛吹著。

痞子從酷魯尾巴拔下一根長毛綁在酸橘上，像鐘擺一樣晃著：「集中注意力，看著我的手，全身放輕鬆，鬆到不能鬆，好似遊太空，大家來比賽，誰是大胃王，先烤一頭羊，再烤半隻豬。

十隻冰醉雞，十隻大烤鴨，鮪魚沙西米，清蒸大龍蝦，三層大蛋糕，奶油甜甜圈，披薩加漢堡，還有小籠包，拉麵加壽司，章魚小丸子，沙嗲烤串燒……」

「停——不要再唸了，我已經吞不下了。」

「真的飽了？還有奶油螃蟹、天婦羅、佛跳牆沒吃到咧？」

「太……太飽了……別再晃那粒小橘子，晃得我頭暈……」酷魯渾身軟趴趴的趴著。

「果真沒說謊，飽到打嗝了，死狗，也不給我留一些。」痞子往酷魯頭上拍一巴掌。

「神經病。」麗莎瞪了痞子一眼。

「吃了這麼多美食好渴，真想喝點水。」酷魯伸舌喘著。

「傻瓜，咱們上流社會的人，是不喝白開水的，來點香檳如何？小弟請客。」痞子握著小雞雞。

「你留著自用吧，難道巴弟不能想些真正有點文化水平的東西，老是要我們觀想喝尿。」酷魯掐嘴。

「那也是沒辦法的事，陷在深山沒水沒食物，你又不是沒找過，沒小溪沒水塘，樹根下挖得手都破皮了，就是沒水，只好觀想喝香檳，不然怎辦？逃難嘛。」阿勇攤開雙手。

「挫賽，巴弟又有新發明了，快過來看。」麗莎招手。

巴弟為了解決飲水問題，他在地上挖了五個洞，直徑和深各半公尺，上面各鋪了塊透明雨布，雨布中間壓顆小石子。

雨布中間各自對準下面的空保特瓶，由於四周密封加上陽光照射，土中水份被蒸發成水蒸氣，附著在雨布並一滴滴的滴到空瓶內。

「來唷！清涼有勁的礦泉水，充滿微量元素的地漿神水，一人一瓶通通有份。」

「嘿，這個死巴弟還真想出了好點子，這太陽能製造的蒸餾水，可以申請世界專利，YA——我們是世界第一的研究團隊。」

「雞咪壞，呵呵……再也不用喝尿了。」酷魯和痞子擊掌。

巴弟低頭撥弄他的紅T恤，從下擺抽了一根線頭，漫不經心想著心事，直到肚臍感到涼意，他的手上多了根十公尺長的紅線。

巴弟看著正在採蜜的蜜蜂，腦袋燈泡忽然一亮，他拿著塑膠袋網住一隻小蜜蜂，並將紅線綁在小蜜蜂腳上。

小蜜蜂雙腳上了腳鐐，受到一陣驚嚇，胳肢窩夾著兩粒花粉，哭天喊地飛回家。

「痞子，快跟蹤那根紅線別跟丟了，快去！」

小蜜蜂哭喊著飛回家，見到母王峰雙腳一跪：「母后——」

母王峰心中不捨，眼淚簌簌落下：「大膽！是哪個沒有人性的暴徒，如此凌虐我兒，黃忠——」

「末將在。」一隻兩鬢花白的老蜜蜂抱拳出列：「稟告娘娘，屬下已派人前往查明，一經捕獲必定處以極刑絕不寬貸。」

痞子飛回報告，說知道蜂巢在哪，巴弟帶著阿勇、麗莎、酷魯跟著痞子摸到一個岩壁附近。

「幸好蜂巢不在樹上，大家躲好千萬別被發現，否則會死得很難看。」

巴弟拾起一顆石子朝蜂巢扔去，蜂巢受到攻擊，所有蜜蜂都飛出來找挑釁者算帳。

痞子伸舌揮翅，擺出蛇形刁手故意挑釁：「嚕嚕嚕嚕——」

「士可忍，孰不可忍，把那隻不知死活的傻鳥，給我就地正法。」老黃忠軍令一下，頓時天空黑了一片，所有蜜蜂都往痞子衝去。

痞子拿出竹筷，使出亂世狂刀絕技，舞出一片刀影護身。

蜜蜂愈聚愈多，像神風特攻隊般衝向痞子，痞子不敵且戰

且走,最後躲進預先準備的小樹洞,趕緊將樹皮大門緊閉。

「出來——俗辣出來——」所有蜜蜂都圍在洞口叫罵,痞子任其叫罵堅決不出。

「哈哈哈——但使龍城飛將在,不叫胡馬渡陰山,看來那痞子不過是個小毛賊,諒牠以後再也不敢來犯,眾將士!搬師回巢——」老黃忠威風的率著大軍離去。

當老將軍回巢一看簡直氣瘋了,蜂巢被闖空門,不但蜂蜜被搬走泰半,連蜂蛹都被搬走,只剩母王蜂在嘆息低泣。

老將軍把蜂巢清點一番後,忍住悲痛:「稟告皇后娘娘,那群龜兒子總算有點良心,蜂蜜還有一半,過冬不成問題,請皇后娘娘不要傷心。」

「可……可是那些蛹……可憐啊,還沒斷奶就……嗚……」母王蜂泣不成聲。

「這可省下您寶貴的蜂王乳,至於那些小野種死了也是活該,就算長大了,什麼都不會就只會交配,反正採蜜過後也要趕出門外餓死。」

老黃忠心裡嘀咕著,沒將心裡不滿講出來。

蜜蜂的世界是殘酷現實的,工蜂最瞧不起雄蜂,工蜂要負責採蜜做工,還要負責戰鬥,雄蜂只有一件工作,就是與母蜂王交配,負責傳宗接代,而且是交配完立即死亡,是故雄蜂在工蜂眼中,只是不務正業的性工作服務者,所以背後叫牠們午夜蜂郎。

巴弟們偷了蜂蜜和蜂蛹,高興的不得了,每個都用爪子沾著蜂蜜吃,連那酸死人的小金桔,沾著蜂蜜吃起來,都像蜜餞般的幸福。

痞子飛了回來劈頭大罵:「沒有人性的一群傢伙,只顧著吃不管我的死活。」

痞子罵完搓著手蹲下來：「嘻，這些蛹怎麼吃？」

「用火烤來吃，像烤花生一樣外酥內軟，烤熟時會彈起來，吃到嘴裡一口咬下還會「嘰——」一聲，爆出香軟的奶油。」巴弟雙手大張，邊說邊吞口水。

「用火烤不怕那群歹徒發現？」痞子翅膀遮住嘴擔心著。

「已經好久沒聽到鼓聲，他們找不到我們，所以用火不用擔心了。」

「挫賽，沒火怎麼辦？」麗莎望著巴弟。

「糟糕，身上沒帶打火機，逃難把打火機留在樹屋沒帶出來。」巴弟皺著眉頭。

「當然就鑽木取火，這連原始人都會，巴弟不會就好去撞牆了。」

巴弟抓著頭避開痞子不屑眼神，起身撿來一片乾燥的樹皮，並找來一根樹枝，用腳趾夾著樹枝，兩手不停搓著，可是無論怎麼搓，就是著不了火。

「加油——加油——巴弟加油——」酷魯為巴弟打氣。

「我問你笨得像個蛋叫什麼？啊——呵……呵……呵……叫做笨蛋啦。」痞子揮著翅膀大笑。

巴弟脹紅了臉，搓得手快起泡還是生不著火。

「笨啊，樹枝要拿正摩擦面才會大，你東倒西歪的，一下摩擦這，一下摩擦那，受熱不集中當然著不了。啊，對對對，冒煙了！」阿勇指導著巴弟。

「呵——有火星了，著了，著了！呵——」酷魯趴在地上爪子夾著小草。

「趕快吹風，快加乾草讓它燒旺一點，耶——」麗莎跳了起來。

「烤花生米嘖！」巴弟把蜂蛹丟進火裡。

沒多久火堆中「啵」的一聲，彈起一顆蜂蛹，接著啵啵啵像爆米花爆個不停。

　　「哇，好燙。」巴弟丟了一顆到嘴裡，外酥內軟一口咬下，「嘰——」的一聲，黏黏滑滑的一股奶香衝進鼻腔。

　　麗莎聽說吃了可以豐胸美白，增加雌性荷爾蒙，拼命吃到打嗝，這是逃難這麼多天來，吃的最豪華的一餐，每個人體內，都蘊藏了無窮精力與能量。

　　奧萬大的楓葉是迷人的，金色的葉尖昨天還是綠的，今天的葉片全變紅色，金色夕陽將每片楓葉照得像火一樣燃燒。

　　斜坡上的管芒像是戰士的長矛，一枝枝插滿土地，風兒吹拂著成片芒花，像是敘述著曾經慘烈的戰爭，為的是爭奪這片廣大的土地生存權。

　　巴弟們坐在一棵傾倒的枯木，巨大的火球吊在遠山，彩霞將巴弟的臉染成了古銅色，巴弟的心情有股寂寞與孤獨。

　　巴弟又想起了慈祥的媽咪，風兒輕輕的吹拂，像媽咪溫柔的手摸著巴弟的臉，空氣中有媽咪身上的香味。

　　太陽下山後，天很快暗下，山區的溫度降得很快，巴弟有些寒意，加了兩根樹枝火又漸漸旺了起來。

　　火光像婀娜多姿的阿拉伯女郎，扭動曼妙身體，不規則跳動的火苗，將奧萬大的森林襯托得更形恐怖，夜涼如水，巴弟抱緊雙臂，將頭埋進大腿。

　　「巴弟，」酷魯站了起來。

　　「什麼？」巴弟抬頭撥弄了一下火苗。

　　酷魯十分不安，不停來回走動：「我們好像被包圍了。」

　　巴弟大吃一驚：「是那些獵人還是山老鼠？」

　　「都不是。」

　　「我想也不是，因為沒再聽到鼓聲，那會是什麼？」

「說不上來，數目有十幾個，我想是一種行動輕巧的動物，有著厚厚的肉墊，走在枯葉上發出沙沙的聲音，雖不易察覺，但我感覺的到。」

「會不會是你錯覺？」巴弟站起來向漆黑的森林望去，加根柴說：「酷魯睏了先去睡，上半夜輪到我守夜我會注意，阿勇也去睡。」

「酷魯去睡，我陪巴弟聊聊，我還不睏。」阿勇說。

巴弟雙手托腮望向火苗，火苗像是螢幕將巴弟的童年往事，一幕幕帶到眼前。

巴弟想起小時候，父母牽著他的小手，在公園的草地上打滾，盪鞦韆玩耍的甜蜜往事，也想起了父母為他而吵架的情景。

「我媽咪哭著說後悔結婚，我覺得我好罪惡，我知道是我成為他們的負擔，是我害他們要離婚的，阿勇，你說他們是不是因為我，才要鬧離婚的？」

阿勇沒有講話，只是靜靜聽著。

「或許是因為沒錢的關係吧？但是我想不通，沒錢為什麼要影響感情，只要身體健康就可以工作啊，有工作就有錢賺，有錢就有飯吃啊。」

「你爸老了吧？」阿勇拿樹枝撥動火苗。

「他不老，還不到四十歲。」

「那是殘廢了？」

「沒啊，還很壯咧。」

「他沒做工作？」

「對啊，他開過計程車，可是覺得沒面子又不開了，就時常喝酒說有志難伸。」

「我知道，很多男人都靠女人去工作，男人很多憂愁，要

靠酒澆愁。」阿勇世故的點點頭。

　　「阿勇，你看賣房子是不是吵架原因之一？其實沒房子也可以租，不然買頂帳篷也可以住，光吃飯花不了多少錢吧？」

　　「事情可能不是我們想得這麼簡單。」阿勇像個神父聽巴弟告解。

　　「我們老師說要知足常樂，我覺得一點都沒錯，像我外婆每天都好快樂。

　　每天和鄰居蹲在地上曬太陽，吸菸吃檳榔喝著小米酒，唱歌跳舞講笑話，肚子餓了摘些野菜，竹竿上拿條風乾的魚或山豬肉烤來吃，抓到老鼠就炒辣椒加菜。」

　　「老鼠肉好吃嗎？」

　　「太殘忍了，我不敢吃，我外婆叫我媽咪搬回來住，說一個月兩千塊生活費就夠了，可是我媽咪不肯。

　　外婆笑我媽咪傻，在台北幫人打掃，累得要死才賺兩萬元，只夠房租和吃飯，不如申請單親家庭補助回鄉下住，不但夠生活還有剩。」

　　「那你媽咪為什麼不肯？」

　　「她說為了我的教育，寧願留在台北。」

　　「教育？老天！你媽咪還不死心，想把你教育成博士？」

　　「說真的我並不喜歡學校，它只是叫我多認識一些字而已，至於數學我覺得會加減乘除就夠了，我想不通為什麼學校不能像電影院，課本不能變漫畫書？整本白紙黑字，讀起來好枯燥。」

　　「你有沒有問過老師為什麼？」

　　「有啊，老師的話令人好洩氣，她說不識字就沒知識，我說沒知識可以看電視，外國人識的字還沒我多，不是一樣很會賺錢？」

「我懂你的意思，他們不用學我們字，是透過一種比人腦厲害的電腦做語言切換，所以我們也可以利用電腦，是不是這個意思？」

「嗯，結果我的老師問我一個傻問題，她說那麼我們到學校學什麼？」

「天啊，這麼傻的問題她也敢問？」阿勇按著腦袋。

「我說可以研究天上星星，看怎麼上月球，可以訓練我們當牙醫師、獸醫師、軟體設計師、修汽車、修電腦、修飛機。

我說從小學學到高中畢業學了十二年，一定比大學學四年厲害，你們不信看我父母讀到高中畢業，英文也不會說，數學也只會加減乘除，我就不知道浪費那麼多年幹什麼，最後只能開計程車做清潔工和整天喝酒鬼扯懶蛋。」

「喝酒鬼扯懶蛋？」

「對呀！他說政府用了一群膿包，連三千六百元的消費券都不會設計，千元大券都被老百姓拿到大賣場去消費，結果券一進去就出不來了，變成圖利幾家特定財團，他說為什麼不在鈔票上蓋個限用到某年某月某日的章，如此連賣小吃的，甚至蹲在地上賣菜的都能真正獲利，讓錢在外面不停滾動刺激經濟。」

「我覺得他說的很有道理。」

「你這麼認為？太好了，他會把政府罵得比豬還笨，說他們不懂得把閒置土地改建成工業區，免費提供給外國人投資蓋廠房而且免稅，外國人一聽樂了，統統來投資，大家都有工作了。」

「免稅？那政府哪來的稅收？」

「他說這些廠商為了搶工人，自然會互相以高薪吸引人，工人素質高又勤奮，每月賺十萬，所得稅讓政府扣百分之三十皆

大歡喜。」

「他說的挺有道理，那一定可吸引國際高科技企業投資，這不算鬼扯懶蛋吧？」

「他如果聽你這麼說，一定會找你乾一杯，把你當知音，並且他會告訴你一個天大的祕密，但要你發誓不能講出去。」

「還要發誓那算了。」阿勇打了一個哈欠。

「我也是這麼跟他說的，他也說那算了，他問我知不知道美國人為什麼那麼想上月球？」

「為什麼？」

「這就是祕密，因為美國人愛花錢已經欠了一屁股債，只好把腦筋動到月球去。」

「月球裡有什麼？」

「你知道地球上什麼最值錢？」

「黃金和石油啊！有了這些國家就發了。」

「這些算什麼，如果到月球挖到成千上萬噸的鑽石，每顆都有柳丁大，不但能把一屁股債還清，還能成為世界第一大金主，所以前不久他們發射火箭去炸射月球，看飛揚的塵土中是否含有鑽石礦的元素。」

「阿姆斯壯不是登月成功過，為什麼還要炸射月球重新登陸？」

「那是騙人的，已經被人踢爆那些登月照片是假的，所以才要炸射月球重新登陸。」

「哦？炸射結果呢？」

「嘿，月球人也不是好惹的，美國火箭炸射後應該將炸射畫面傳回地球，結果啟人疑竇的竟然斷訊三十秒，沒有一張畫面傳回地球，你知道這代表什麼？」

「代表什麼？」

「他說代表美國火箭被月球人光束砲打掉了，老美吃了鱉不敢講，怕引起地球人恐慌，只好將歪腦筋動到火星去，這就是祕密之一。」

「祕密之一，難不成還有之二？」

「沒錯，這祕密真是駭人聽聞，他說中國處處被老美欺侮，老美怕中國壯大威脅到老美，就聯合中國周邊的一堆國家，形成第一島鏈、第二島鏈封鎖中國，中國也上了太空，但他不是去挖鑽石，而是去當清道夫。」

「清道夫？不懂你的意思。」

「就是把地球附近的小行星像打電動一樣，用死光炸射小行星，小行星某一面缺角失重就會偏離原有遶行的軌道，就像拿一面巨大魚網網住這些小行星，並偷偷試驗將這些小行星由天而降，以近五萬公里時速往地球沙漠及大海猛砸，這天雷勾動地火任美國以最強的飛彈防禦網，也防禦不了沒有拋物線由太空直接攻擊的武器，而且隕石爆炸的威力是廣島原子彈的千倍以上。」

「撿石頭砸人，聰明！奇怪了，中國科技怎麼突然變得這麼進步？」

「我老爸說他們和火星人簽了祕密協定，請火星人做技術顧問，共同稱霸宇宙。」

「那老美的科技也有外星人教吧？」

「他們向月球人朝貢稱臣，簽訂了月美安保協定，對抗中火安保協防。」

「真厲害，真讓人分不清是大祕密還是鬼扯懶蛋。」

「他祕密可多呢，尤其是外星人及古文明……」

19

大戰雲豹幫

「巴弟，巴弟！」阿勇突然打斷巴弟的話。

「什麼事？」巴弟回到了現實。

「有動靜，四周都是……」阿勇的聲音有點顫抖。

「在哪？啊！好多綠色的三角眼，快！快叫醒酷魯，快！」巴弟緊張叫著並迅速將蕃刀握在手裡。

樹林四周像是起了一陣風，樹林間「沙——沙——」的腳步聲愈來愈近，巴弟舉起蕃刀，阿勇穿起竹甲，麗莎弓著身子伸

出利爪，酷魯甩甩頭，爪子在地上用力刨著，痞子伸出舌頭比出蛇形刁手。

巴弟叫大家圍成一個圓，巴弟和酷魯中間夾著最弱的痞子，酷魯和麗莎中間夾著阿勇，五人呈順時鐘方向慢慢轉動，形成一個戰鬥隊型，巴弟五人緊密團結在一起。

巴弟看到四周漆黑的樹林，許多一雙雙閃著寒光的綠色三角眼愈靠愈近。

突然一聲巨吼夾著一陣腥臭，一隻有著虎斑的雲豹，像風一樣出現在巴弟眼前，接著四面八方的雲豹都現出身來，每隻都張開利齒皺著鼻子，目露兇光狠狠瞪著巴弟低吼著。

巴弟心中暗道不妙，這些兇狠角色，不是來找碴而是來要人命的，巴弟心裡打了一個寒顫，他冷靜評估雙方戰力，巴弟知道一點勝算都無。

但他生起了絕處拼鬥的堅強意志，巴弟深吸一口氣，冷靜威嚴的說：「來者何人，報上名來。」

「傑——傑——傑——孤陋寡聞的傢伙，到了奧萬大竟然不知道我們是誰，也不來向我烈火老大拜碼頭，簡直就是有眼無珠不知死活。」

巴弟看清楚了，說話者是一隻兇狠的雲豹，鼻子上有三道很深的抓痕，右眼一道差點把眼抓瞎，肚皮上一道兩尺長像拉鏈的傷痕，有如曾被開腸破肚，在在說明牠身經百戰。

身上的傷痕有如榮耀的勳章，代表著彪炳的戰功，看得巴弟頭皮發麻，尤其是牠比出巨星我愛你的手勢向著牠的徒眾，充滿著兇狠與邪惡，令巴弟心裡發毛。

巴弟警覺到這是有史以來所碰到最難纏的一群野獸，今

晚是否能全身而退，似乎已是凶多吉少，巴弟急得像鍋上螞蟻，不知能不能幸運躲過這場災難，正苦思對策時，阿勇挺身而出。

「呸！好一個自大的獨耳豹，在我阿勇眼中不過是隻奧萬

大的流浪貓，仗著貓多如此猖狂，也不打聽清楚我們是什麼來路，簡直就是井底之蛙。」阿勇把尾巴一撥馬步微蹲，擺個太極大師架式。

阿火老大被貌不驚人的阿勇如此數落，氣燄稍微收斂，雲豹們都在問這隻猴子是誰，口氣如此狂妄。

雲豹中竄出另一隻頭大腰細，腹部有明顯八塊肌名叫浪子阿暴，站起插腰似有意賣弄牠的三角腰及人魚線，露出一口大暴牙：「什麼來歷，說來聽聽。」

痞子冷哼一聲：「中央山脈縱貫線，要是提起天殘地缺，指的就是我倆兄弟，小弟浪得虛名，道上人稱天殘五毒公子，這位地缺人稱叢林戰士藍波又叫魔鬼阿諾。」

痞子指著阿勇說：「這位兄弟殺人不眨眼，曾經力挫山豬幫幫主獨眼朗巴萬，並令其俯首稱臣，這些你們怕是聞所未聞吧？

當然！這說出去總是面上無光，何況朗巴萬家族在縱貫線除了大霸、中霸、小霸，人稱第四霸，那是何等威風？」

巴弟打蛇隨棍上，像接力般說：「江湖道上，所謂架子自已搭，面子別人給，那次谷關之戰，若不是我這兄弟一時心慈，不忍痛下殺手，否則莫說是叫豬霸自廢武功，就是要牠交出性命也是易如反掌啊，我說的豬霸朗巴萬，各位聽過牠的名號吧！」

浪子阿暴冷笑兩聲說：「外面詐騙集團那麼多，誰知是真是假，如果不是真的，嘿嘿！」

阿暴的跟班小弟傻B幫腔道：「如果不是真的，保證會被山豬幫笑死，嘻……笑我們比豬還笨，那麼容易受騙。」

阿火老大十分為難，若是不信巴弟們所言，打鬥起來若自

己吃了敗仗則威信掃地，領袖地位將被浪子阿暴取代，若是被唬弄還真會被山豬笑死，這該如何是好？

　　巴弟看情形不給阿火老大一些厲害瞧瞧，阿火老大是不會服氣的，於是說：「看來我們的話阿火老大信不過，如果真要對幹一場，那就各派代表以武會友如何？」

　　阿火老大心中一喜說：「若是各派代表，咱們就派浪子阿暴會會你們。」

　　巴弟說：「咱們就拿著樹藤圍著這四棵樹，把它當成一個擂台，既然你們派浪子阿暴出場，我就派酷魯奉陪，至於要比什麼？摔角、拳擊、散打、泰拳任由你們選。」

　　阿火老大和浪子阿暴商量何種打鬥對浪子阿暴有利，巴弟已拿樹藤將四棵樹圍成一個四方形的擂台。

　　阿火老大說：「那就由浪子阿暴以摔角會會你們。」

　　巴弟和酷魯也祕密擬出作戰計劃，於是雙方圍在擂台四周，觀看摔角大戰。

　　酷魯和浪子在擂台上跳躍，各自做著暖身運動，浪子身手敏捷利用樹藤的彈性，由這頭跑向對角，猛一轉身彈回並連翻兩個三百六十度的筋斗，贏得雲豹們一致喝采叫好。

　　浪子聽到掌聲更加賣弄，將雙腿折到肩上展現牠的柔軟度，再將頭倒立像個陀螺一樣轉著圈圈，雲豹們又是一陣鼓掌叫好。

　　酷魯身材粗壯像是蒙古族的勇士，孔武有力擅於衝撞，尤其酷魯雙掌練過鐵沙掌，這點浪子顯然較為吃虧，但浪子自信滿滿，自信身手敏捷借力使力是牠長項。

　　浪子在原地又做了一個後空翻並在場邊不停跳躍，嘴裡學著李小龍「噢——嗚——」再拇指擦擦鼻子。

　　酷魯雙腳扣地身體微沉，雙掌由腰間平伸而出，大喝一聲雙腳一頓，連出兩拳正前攻擊，接著雙手側劈，一手揚起擋住外來攻擊，一手趁虛直探對方心窩。

　　雙掌一抓一扣，以詠春寸拳「噗、噗、噗——」連攻十數下，

再原地騰空跳躍三百六十度旋踢，「颯——颯——」兩腳強勁有力，落地時再打出一套天地型跆拳一氣呵成，獲得巴弟及痞子們喝采叫好。

旁邊的浪子阿暴見酷魯身手了得，自不願失了威風，伸出雙臂握拳，渾身肌肉一坨坨硬梆梆呈現猛男美姿，浪子遞出一個眼神，跟班小弟傻B地上抄起一根木棍朝浪子望去。

浪子憋氣大叫一聲，傻B舉棍躍起朝浪子後背大力夯下，棍子應聲而斷，浪子拾起雙棍皺眉怒目歪嘴，學李小龍耍著雙截棍「阿達——阿達——」叫著，自是引來雲豹們的喝采叫好。

現在氣勢上酷魯輸給了浪子，但酷魯體型足足大了浪子一倍豈能示弱，酷魯大叫一聲，發狂拾起木棍往自己頭上大力夯下，木棍斷為兩截，酷魯把兩截木棍合起一掌劈下，兩截變成四截，酷魯張開大口嘴肉外翻，甩著頭口水四濺。

阿火老大見多識廣，看得出酷魯是個練家子，萬一被那大嘴一口咬下，就算是椰子般大的頭，也會被一口咬碎，所以阿火老大加了一條規則，規定搏鬥雙方禁止用口咬。

酷魯和浪子雙方知道比賽規則後，搏鬥馬上開始，雙方在擂台場子繞著，酷魯伸出雙掌想和浪子比一下手腕力，浪子伸出雙掌快速拍了酷魯手掌一下，身子一蹲已一腳踢向酷魯腹部。

酷魯被偷襲一腳，肚子一痛彎下身體，浪子雙腳向酷魯後腦飛踢，酷魯眼冒金星跟蹌跌倒，浪子利用機會雙腳鎖死酷魯脖子，酷魯翻著白眼幾乎無法呼吸。

巴弟大叫犯規，浪子露出奸笑，酷魯努力睜開一眼，用力往浪子大腿內側用力一把捏去，浪子一痛鬆開雙腳站起揉著。

　　酷魯趕緊站起甩頭扭轉四肢原地跳躍，吃了一記暗虧，脖子差點被浪子鎖喉功鎖死，酷魯不敢大意。

　　兩人小心移動腳步，浪子伸出一掌，酷魯也伸出一掌，兩人手掌十指相扣，浪子迅速伸出另一掌，雙掌握住酷魯手掌，一腳往酷魯蛋蛋踢去。

　　酷魯沒想到浪子會用這下三濫的陰招，全身突然無力癱軟，浪子使出十字固定法，雙腳向酷魯手臂像絞衣服一樣，死命絞去逼酷魯投降。

　　巴弟又大叫犯規，浪子仍面露奸笑死命絞著酷魯手掌，酷魯痛到眼淚流了出來，若不認輸投降手掌可能會被絞斷。

　　若投降輸了不但面子盡失，搞不好還被這群雲豹吃掉連屍骨都不存，雲豹們高興拍著手助陣，酷魯痛苦扭曲著臉。

　　痞子看酷魯一直處於下風，急著大叫扯牠懶蛋，酷魯本不屑用這下三濫手段，但浪子連兩次犯規，酷魯也顧不得什麼體育精神了，酷魯一隻手掌被浪子以十字固定法絞死無法動彈，另一隻手從浪子胯下伸去，浪子以為酷魯會捏牠的蛋，屁股不停扭動防著酷魯。

　　酷魯伸手抓住浪子尾巴，以尾尖的毛伸至浪子的朝天鼻孔，浪子鼻孔被毛搔癢得受不了，連打七、八個噴嚏，浪子食指和中指伸向鼻孔摳了半天才止住噴嚏，阿火老大大叫酷魯犯規。

　　酷魯和浪子雙雙分手重新比賽，酷魯一招怒打山門向浪子劈去，浪子金雞獨立、南海朝佛，雙掌一合一架化解，並借力使力利用樹藤彈性，迅速彈回雙腿往酷魯脖子夾住，落地時一個翻滾將酷魯壓在地上。

阿火老大趁機拍地讀秒,才讀到二被酷魯掙脫。

酷魯知道要擊敗浪子唯有以手刀劈倒牠,但浪子身手敏捷賤招又多,像雙掌拍蚊子一樣難打,兩人一來一往誰也沒真正討到便宜,累得兩人氣喘吁吁。

阿火老大心想浪子阿暴和天殘口中的藍波戰成平手,接下來必是自己迎戰五毒公子,若贏算是保住了領導地位。

若是輸了,非但威信掃地,地位且被浪子取代,正騎虎難下煩惱之際,突聞三長兩短戰鼓咚咚咚——咚咚——由遠而近響起。

阿火老大心中一樂,所謂識時務者為俊傑,阿火雙手抱拳道:「今日幸會,既都是綠林中人,就互相交個朋友,他日若有效勞之處,兄弟必然傾力相助,現在獵人漸漸接近,兄弟先行一步,告辭!」

阿火老大說完,林間像是刮起一陣旋風,一轉眼雲豹走得一隻不剩,巴弟一夥緊繃神經突然放鬆,整個人軟綿綿癱在地上。

痞子雙腳還在發抖:「巴弟……」

巴弟雙手抱拳:「五毒公子何事?嘻……」

痞子跳到巴弟肩上往巴弟頭打去:「開什麼鳥玩笑!你有沒有人性!」

阿勇叫巴弟認真聽他分析:「我覺得我們做法錯了,我們只是一味的逃,要逃到什麼時侯?」

「這……可是對方可是敢持槍殺人的,我們哪能跟他們正面衝突,若是被逮不被棄屍荒野才怪。」巴弟拿起小圓帽搧涼。

「我們不跟他們暴力相向，但我們可以……」

「對！我贊成，自古以來邪不勝正，我們用智慧反守為攻，挫賽，如果被我們查出確有不法，我們可以報警，讓法律制裁他們。」麗莎看法和阿勇相同附和說。

「嘿，大家說的很有道理，我還真懷念咱們那溫馨的小竹屋吶。」巴弟小圓帽戴回腦勺。

「說的簡單怎麼回去？要是碰到獵人怎麼辦？」

「我們走到公路搭便車就碰不到他們了。」巴弟拍拍痞子頭。

「呵呵……我們又不是怪物，搭個便車怕什麼？呵呵……再也不用吃豬母奶了，哎唷！熊熊想起來又想吐。」酷魯捂嘴。

巴弟們很幸運，一輛正好往梨山載高麗菜的大卡車，載他們到了目的地時天色更暗。

黑森林一片漆黑，巴弟交待著說：「大家千萬小心，此刻起步步充滿殺機，大家要表現得沉穩、冷靜，遭遇困難要先求自保，然後尋求外援相助。

千萬不可莽撞衝動，那不但於事無補反而讓事情更難處理，別忘了對方孔武有力還有槍。」

「那我們怎麼對付他們？」

「先察明虛實再各個擊破，我們這樣……」巴弟做了教戰手則，每人都分配到任務。

巴弟叫痞子把風，大家摸回樹屋，巴弟叫大家儘量吃飽才有力氣作戰。

20

交換人質

「痞子和阿勇吃飽了負責偵察，千萬小心別被壞人發現，現在出發。」巴弟命令著。

阿勇和痞子摸著山壁往前偵察，遠遠的看到一支火把插在山壁，洞口夜風將火把吹得忽明忽暗。

一堆乾糧旁邊有兩名壯漢正在喝酒，奇怪的是離他倆數步的地上，綁著一名五花大綁男子。

「大虎哥，依你看龍哥會如何處置這傢伙？」

「當然不留活口，他知道咱們太多秘密，留著絕對是個禍害。」大虎冷冷的向那名被綁男子望去。

「嗚……嗚……」那名男子被封了口和眼，只能發出含糊求救聲，身體不停扭動想要掙脫。

大虎掄起木棒，往那名男子身上一頓亂棒打去，最後往男子小腿骨大力夯下，「鏘——」的一聲，木棒斷為兩截，那名男子痛得在地上打滾哀嚎。

「他媽的再跑啊！」大虎的臉變得猙獰可怖。

阿勇和痞子嚇得吱吱亂叫洩露了行蹤，阿強拔槍瞄準，被大虎擋了下來：「不要開槍引人注意，那不過是隻猴子和貓頭鷹。」

痞子和阿勇拔腿就跑，跑回樹屋將事情經過報告巴弟。

痞子兩腳發抖，驚魂未定說道：「好……好狠……腿……腿被打斷……」

「奇怪，被綁的是誰？為什麼只有兩名歹徒？另外兩名到哪去了？」巴弟沉思。

「我們趁著另兩名歹徒不在，我們這樣……」阿勇輕聲說著他的計劃。

「好，阿勇的點子不錯，我用繩子做兩個圈套在洞口，痞子和阿勇去引他們出來，我和酷魯、麗莎在洞口等。」

巴弟打了兩個活結在洞口，上面覆蓋泥土掩飾，阿勇爬到洞頂，將繩子跨過一棵老樹樹幹，繩子這頭由酷魯、麗莎和巴弟守候。

痞子和阿勇到了歹徒前三十公尺，阿勇將身子藏在岩壁壁縫，痞子大叫：「有歹徒——快來人啊——有歹徒——」

「媽的死鳥，不抓到你遲早洩漏行蹤，飛！我看你往哪飛！」

「來啊！嚕嚕嚕嚕——」痞子伸舌做著鬼臉往山洞口跑。

兩名歹徒奔到洞口，巴弟和酷魯用力一拉，將阿強倒吊吊起，大虎往後一跳逃過圈套，轉身就往回跑，準備拿槍來救阿強。

躲在岩壁縫的阿勇，趁機現身將歹徒手槍找出並丟出岩壁，這時巴弟和酷魯從後追了過來。

結果阿勇被發現，大虎將阿勇從頸後一把提起，大虎晃著手中匕首：「快把我兄弟交出來，否則我會毫不猶豫，把這隻猴子給宰了。」

酷魯狂吼一聲就要衝出，大虎咆哮著：「退下！退下！再敢前進一步，就準備替你朋友收屍，槍呢？藏哪去了？快交出來！」

「巴弟，你跟他說，槍被我扔下山谷，叫他死了心，你們快退走，萬一他們夥伴回來，我們會統統死在這。

你們快去把那個逮到的歹徒藏好，再來和他談交換，記住你說的話，先求自保再求外援，快走！」

這真是為難的事，棄友不顧無情無義，耗在此地愈耗愈不利，巴弟不得已對歹徒說。

「我們跟你無怨無仇，你敢傷害我同伴一根寒毛，酷魯馬上咬死你，槍已被阿勇扔下山谷，你逼牠也沒用，不如這樣吧，我們交換人質，你等著，明天一早我們帶人質來。」

巴弟帶酷魯退出山洞，將吊在山洞口的阿強，綁得結結實實並用破布將口封住，拖到另一個隱密洞穴，就跟酷魯去向大

師父求援。

　　夜色非常暗，黑森林在微弱月影下，樹上枝椏隨風搖曳，像是一群張牙舞爪鬼魅，顯得更為嚇人。

　　巴弟從水塘邊小徑，往大師父住處走去，巴弟頭皮發麻，在一個山溝處停住尿尿，突然！巴弟的腳被一隻手抓住，接著從山溝露出一張滿面是血的臉。

　　巴弟大叫一聲鬼啊拔腿想跑，可是雙腿不但不聽使喚還軟了下去，那張滿臉是血的手，一把摸到巴弟的臉，巴弟感到一股冰涼，像是來自地獄。

　　巴弟悶叫一聲「哇咧——」，就昏死了過去。

　　酷魯趕緊對巴弟做口對口人工呼吸，酷魯嘴巴太大，一口氣吹得巴弟滿臉口水，第二口氣，酷魯實在下不了口。

　　巴弟幾個月不曾刷牙，嘴巴臭得讓酷魯差點吐了出來，於是改用前掌在巴弟胸口按按，再換屁股在胸口坐坐，但是這招仍不管用，酷魯翹起右腳，巴弟甦醒過來。

　　「鬼……鬼呢？」

　　「昏過去了，呵……」

　　「鬼……鬼也會昏？」巴弟驚魂未定，牙齒咔咔打顫。

　　「呵……會昏不是鬼，是鬼不會昏。」

　　「到底是不是鬼，把他弄醒問問。」巴弟鎮定多了。

　　酷魯翹起右腳，有如鎮暴警察以強力水柱驅散暴民。

　　「唉唷喂呀……」地下躺著疑似鬼者，雙手抹去臉上尿水。

　　「你剛才對我也用這招？」巴弟捂嘴。

　　「你嘛幫幫忙，嘴巴那麼臭，誰下得了口，唔……」酷魯張

嘴作嘔吐狀。

「救⋯⋯救命啊!」山溝裡的人呻吟著。

「你是誰?怎會在這裡?」巴弟退後一步問。

「我是泰雅族勇士山雞,和頭目及族中菁英出來獵雪怪,昨天我和另一名勇士烏鴉,無意中發現了一個山洞,結果被修行大師追殺。

我的背後被刺了一刀,幸虧我逃得快跌落這山溝,但另一位烏鴉卻被逮住了,只怕⋯⋯嗚⋯⋯凶多吉少了。」

「修行大師為什麼要追殺你們?」巴弟吃了一驚。

「我也覺得莫名其妙,可能是邪教吧。」

「你們其他勇士呢?怎麼沒來找你們?」巴弟問。

「我們每次出來十天,昨天是最後一天,可能找不到我們,已經回部落了。」

「難怪沒再聽到鼓聲,原來回部落了,酷魯先背他到山洞,我拿金狗毛給他上藥,順便給他帶些食物。」

此處山區幅員廣大,山洞既多且又隱密,全為日據時代所開鑿,巴弟將山雞和歹徒阿強藏在一起。

「挫賽,你不是去找大師父,怎麼帶個人回來?」麗莎看到巴弟們吃了一驚。

「噓——現在情況渾沌不明,這個叫山雞的是被修行大師所殺,問他指的是不是大師父,他又說沒看清楚長相,如果我們沒弄清楚不是自投羅網?

你們記不記得,上次離開大師父我故意提起老夫人藤田恭美子的名字,他的臉變得好恐怖,像要抓狂一樣,所以我們還是別冒險的好。」

「挫賽，那麼阿勇怎麼辦？他還在歹徒手裡當人質。」麗莎嘆氣。

大家心裡很鬱卒，倒是痞子一副嘻皮笑臉：「唷，幹嘛啊！又不是天要塌了，看你們一個個窮緊張樣子，要救阿勇那還不是小事一樁。」

「死鳥，就會出一張嘴，怎麼救？」麗莎瞪著痞子。

「睡你們的覺，天亮本山人自有辦法，我去找小青那小王八借點寶貝，啊——呵……呵……呵……好玩，好玩。」

巴弟白痞子一眼：「瘋子！今晚誰值上半夜？」

酷魯打了一個哈欠：「阿勇上半夜，麗莎下半夜，阿勇的班我來代，你們先睡吧。」

「不，酷魯去睡我來代。」巴弟也打了一個哈欠。

「不必，都去睡，我代。」

「你……？」巴弟、麗莎、酷魯同時說。

「怎麼？你們什麼時候看過，鳥每天睡八小時的？我告訴你們，只有低等動物才睡八小時，我正好利用值班把功夫好好練好，不等天亮阿勇就有救了。

衰尾道人！被大蟒蛇吞的是牠，被歹徒抓去當人質的也是牠，啊——呵……呵……呵……衰呀！」

製毒箭抓黑龍

　　大家睡覺去了，痞子拿著竹筷子比劃一番，覺得無聊就去找小青。

　　痞子走到一叢竹林邊，用爪子在石縫中撥找半天，就是找不到小青，痞子大叫：「小青、小青，面青青——小青、小青，面青青——小……」

　　「哭爸唷！半夜不睡覺吵死人，鬼叫什麼？」

　　痞子抬頭一看，竹子上的小青爬下來，一扭一扭爬到痞子

面前。

痞子看小青趕時髦，將三角頭染成金黃色，耳朵旁戴個黃金蜆耳環，尾巴刺青，刺了一個光屁股的金髮美女，變成了小混混，痞子說：「唷，小兄弟，你跑哪去了，害老哥哥想死你了。」

「小兄弟！少來一套，你以前不是叫我小王八蛋。」小青斜眼看著痞子。

「哎唷唷，小青，都多少年前的事了，還提？」痞子攤開雙手。

「多久？」小青扭扭脖子，嘴裡叼根牙籤，一副吊兒郎噹相。

三個月前，小青剛滿月不久，時常在這附近爬來爬去，痞子愛作弄牠，老愛從後面踩住小青尾巴，讓小青爬不動。

小青扭過身來咬痞子，無奈還沒長出牙，每次氣得扒住痞子咬半天，卻連個牙印都沒有，痞子癢的抱著肚子笑，直說癢死了，痞子還喜歡把小青兩頭抓起來當繩子跳，甩的小青暈頭轉向。

小青哭哭啼啼回家告狀，老青竹絲說大丈夫能伸能屈，君子報仇三年不晚，其實哪要三年，才三個月小青就去找痞子報仇。

痞子知道被咬的嚴重性，口氣一變：「賢姪啊，叔叔是逗你玩的，你可別當真啊，叔叔可經不起你咬，咬一口保證死翹翹，想不想吃葵瓜子，叔叔請客。」

「喂！老痞子，你半夜把少爺我挖起來，到底什麼鳥事？」小青想起痞子過去的賤招，還有一肚子火。

「哎，說來話就長」痞子裝出苦瓜臉。

「那就長話短說唄。」小青扭扭脖子咔咔兩聲，將嘴裡牙籤呸的一聲吐掉。

「好吧，叔叔就有話直說了，叔叔要跟你借點毒液。」

「幹嘛？」小青吐出舌頭往染成金黃色的三角頭上抹點口水，像抹上髮膠。

「阿勇被歹徒抓走了，叔叔要點毒液去救他。」

「那隻死猴子更不是個東西，活該，誰叫他以前欺負我，把我當雙截棍甩來甩去。」小青心中有氣，脖子猛然撇開。

「又來了，都多少年前往事了，還提？不過借點毒液嘛，我的賢姪。」痞子面帶哀求。

「要我咬你一口，把毒灌給你？」小青吊兒郎噹抖著……抖著尾。

「那還不翹辮子？你把毒吐到這個杯子裡，我把十個爪子塗滿毒液，只要往歹徒臉上一抓，歹徒就會中毒，這樣阿勇就有救了。」痞子搓著雙手。

「我吐不出來。」小青對著杯子試了好幾次，就是吐不出來。

「來來來，別急，叔叔幫你。」痞子一手壓著小青的三角頭，一手在他頭上猛敲，小青最恨別人敲他頭，「噗噗噗——」把毒牙裡的毒，全噴了出來洩恨。

「3Q3Q！」痞子對著小青雙手合掌，把爪子伸近杯裡，每隻爪子都沾滿了毒液，並把全身塗上黑泥，對著一扭一扭離去的小青，「嚕嚕嚕嚕——」伸舌做鬼臉。

小青走後，痞子把巴弟、酷魯和麗莎叫醒。

「我的媽呀，哪來的烏鴉？」麗莎嚇得弓起身子。

「別激動，我十指都是毒，你最好收起你的貓爪，免得找死。」

「你怎麼變這德性？」酷魯張大嘴巴。

「廢話，全身黑才不容易被發現，現在是救阿勇最好的時

間點，歹徒一定都在昏睡中，不瞞各位小弟我十隻爪子都浸了小青的毒，只要被我抓一下，保證見血封喉七步斃命。」

「真有那麼毒？」巴弟皺眉。

「那得看看是誰的毒，小青這小王八蛋壞透了，被牠瞪兩眼都會中風，何況是牠的毒，嘿嘿！」

「要是弄出人命就不好了。」巴弟有點擔心。

「放心吧，我會點到為止。」

「如何戰法？」麗莎問。

「聲東擊西。」痞子得意說。

巴弟抓抓腦袋不解。

「事不宜遲，去了見機行事，花Q，走啊！」痞子踢巴弟一腳。

「大家小聲點，別把歹徒吵醒。」

巴弟一行輕聲行走，往歹徒慢慢接近。

「噓——歹徒靠在山壁睡著了，阿勇跟那個被打斷腿的，背靠背綁在一起好可憐。」麗莎手摀著嘴。

「嗚……嗚……吱……吱……」阿勇看到巴弟高興的發出聲音。

「別吵，把歹徒吵醒了就麻煩了。」巴弟食指比在唇中。

「我去給阿勇鬆綁。」麗莎踮著腳準備速戰速決救出阿勇。

「什麼人，站住！原來是你們，你這隻老花貓想找死！」

「嘰——」麗莎衝過去，緊急踩煞車，地上留下兩行煞車痕，麗莎折返回來。

歹徒揮著手中匕首面露殺氣。

「上！」巴弟揮手，酷魯、麗莎和痞子，採取陸空聯合作戰，一起衝了過去，巴弟趁機割斷阿勇身上繩子。

歹徒慌了手腳，舉刀亂揮亂砍，痞子一個空檔，一招開光點眼往歹徒面門抓下，不一會歹徒倒了下去，口吐白沫面色發黑。

「中了，中了！像條死魚，快把他綁起來帶走，啊——呵……呵……呵……」痞子拍手。

阿勇鬆了綁，跳到歹徒面前又踢又抓又……

巴地大叫：「千萬別咬，他中了毒，你也想中毒啊，大家動作快，把歹徒帶走，罐頭也帶一些走。」

阿勇很不甘心放下歹徒的手。

巴弟指揮著，將斷腿的人質及歹徒，一起帶往藏匿山雞的洞穴。

巴弟們費了好一番功夫將歹徒及斷腿人質拖到藏匿山雞的洞穴，山雞看到烏鴉高興極了，山雞說：「烏鴉是你？我還以為你已被殺害了，糟糕你的小腿斷了，我先幫你拿板子固定好，暫時藏在這裡養傷，等傷勢好點再回部落，多虧巴弟他們救了我們。」

山雞和烏鴉高興得緊緊擁抱。

巴弟將歹徒交給山雞和烏鴉看守，回到樹屋計劃如何誘捕另兩名歹徒。

「今晚能將這名歹徒捕獲，痞子功勞最大，至於另外兩名歹徒，要用什麼方法一網打盡，大家一起研究想個妙招。」

「啊——呵……呵……呵……簡單，小事一樁。」

「挫賽，癩蛤蟆打哈欠，好大的口氣。怎麼簡單法？」麗莎問。

「第一，在他們必經之地挖陷阱，讓他們掉到洞裡……」

「那要挖多深多大的洞啊？要挖你挖我可挖不動。」阿勇反對打斷了痞子的話。

「豬啊！誰要你挖那麼深的洞啊，淺淺的就好，我們砍些竹子削尖，並在尖竹上抹上蛇毒。

第二，大家躲在山洞頂，等到歹徒一出現，大家就用吹箭往他們身上射，保證手到擒來，至於蛇毒沒問題，小青牠老母多的是。」

「糟，幸虧你提到蛇毒，那個中了蛇毒的歹徒，我們還沒給他解藥，萬一弄出人命就糟了。」巴弟突然想起，把小圓帽舉得高高的。

「我們哪來的解藥？」麗莎問。

「嘻！有了，叫酷魯給他灌些尿催吐，然後再給他灌些茶，別忘了茶裡有丹寧酸可以中和毒性，你們忘了大師父說神農氏嚐百草，得七十二毒都靠茶解的毒呢。」巴弟戴回小圓帽。

「這個辦法不錯，那就分工合作，酷魯力氣大挖洞，阿勇手巧做吹箭，巴弟削尖竹，老花貓做陷阱，我去找小青老母借毒液。」

酷魯四爪並用像跳踢踏舞，把土往後刨去，過沒一會刨出一片半尺的淺洞，巴弟將尖竹埋好，阿勇做了四支吹箭，另一支碗口粗的竹筒給酷魯專用。

痞子不負眾望，對小青老母說了一堆肉麻鬼話，小青老母一高興，把儲存多年的毒液全吐給了痞子，痞子手捧裝滿毒液的杯子走回。

巴弟將竹尖抹上毒液，麗莎將竹尖掩蓋並撒上一些枯葉偽裝，一切看來毫無破綻，就躲在洞口守候，並練習著吹箭以逸待勞。

「不對，不對！要用丹田力量，集中一處猛力吹出，痞子嘴巴太小，含不住就免了，酷魯口水亂噴也不適合，麗莎準頭差太遠，弄得大家提心吊膽，只有阿勇和我勉強可以，這樣火力太弱

不是辦法，真傷腦筋。」巴弟揉著腦袋。

「一定要吹？用手甩可不可以？」酷魯嘴巴四周像蓋了一圈紅色大圖章。

「當然可以，什麼方法好，就用什麼方法。」

酷魯高舉竹筒由高貫下，十幾隻竹鏢嘟——嘟——嘟——射中樹幹，老榕樹悶哼了一聲，樹葉落下一半。

「行了，行了，別再射！唷，好厲害的蛇毒，臉黑了一半，快變禿頭。」巴弟吐舌頭摸摸發黑的樹幹，酷魯抱著竹筒呵呵笑著。

「我和痞子在指甲上抹毒施展我們五爪神功，我攻下盤痞子攻上盤。」麗莎張牙舞爪比劃著。

「啊——呵……呵……呵……老花貓來招月下偷桃，我來招天女散花，保證天下無敵。」

「挫賽，要等多久歹徒才會出現啊？」麗莎覺得無聊。

「等等！山洞有人講話聲。」酷魯豎起耳朵。

「廢話，是山雞和烏鴉。」阿勇說。

「不對，是好幾個人的聲音。」酷魯耳朵貼在山壁。

「糟糕，我們沒想到，歹徒從另一端斷崖爬藤上來救了兩名歹徒，現在慘了，山雞和烏鴉又落回他們手裡。」巴弟捶著頭。

「怎麼辦？」麗莎鬍鬚一根根直起。

「還是用半夜偷襲法，大家記住好漢不吃眼前虧，不對勁就溜，千萬別逞強。」巴弟輕聲交待。

「就在今夜？」阿勇穿上他的竹甲衣。

「拂曉攻擊，大家好好睡一下，時間到了我會叫醒大家。」巴弟握拳。

「嘻嘻，挺刺激，我興奮得睡不著，看我華山劍派——起

劍勢——破陣勢——飛天勢——小李飛刀——著。」痞子練著飛鏢。

老榕樹又悶哼一聲，掉落幾片葉子。

時間一分分的過去，巴弟把大家叫醒：「是時候了，大家進山洞靠邊走，別被自己的陷阱傷到。」

「歹徒就在前面，小聲點別被發現了。」巴弟們慢慢靠近。

「嘿嘿，一群酒鬼醉得東倒西歪，山雞和烏鴉被綑得像個粽子，看我漫天幻影、天女散花，花Q……」

痞子話說到一半，突然！一片白網自天而降，只有巴弟機伶跳開，沒被繩網網住，巴弟轉身就逃。

「哈哈哈——只差一個小鬼就一網打盡，漏掉一條小魚。」

「龍哥，怎麼儘是些傻貓土狗，還有一隻醜哩呱嘰的烏鴉和猴子。」阿強問。

「說牠是隻烏鴉嘛又有點不像，算了見黑不吉利，把這隻烏鴉放了，這隻傻貓改天抓條蛇煮個龍虎鬥。

那隻土狗過陣子再冷一點，煮個香肉火鍋，至於這隻死猴子嘛……當然來個生吃猴腦最補，哈哈哈——」黑龍舉槍閉起單眼，朝酷魯牠們比了比。

巴弟拼命的跑，一邊跑腦中一邊浮現酷魯、麗莎、阿勇和痞子驚恐無助的眼神，巴弟的眼淚再也忍耐不住狂飆。

巴弟跑出山洞大聲悲嚎：「噢——嗚——噢嗚——噢嗚——噢——」巴弟蹲在一棵大樹下擦著眼淚。

22

山豬、黑熊、雲豹團結大進攻

　　突然！巴弟發覺四周「沙——沙——」腳步聲愈來愈近，慢慢將巴弟包圍，巴弟握緊蓄刀準備與敵人拼命。

　　當腳步聲停止時，巴弟嚇了一跳，來者是一群山豬、黑熊與雲豹。

　　為首的是以前認識的獨眼母山豬朗巴萬，獨耳雲豹阿火老大及黑熊老大黑山，巴弟說：「怎麼會是你們？」

　　「令我尊敬的巴弟先生，人類的楷模，羅賓漢的表弟，我黑

山的兄弟。」黑山老大像紳士般向巴弟行了一個紳士禮。

「我們綠林中人最重承諾、講信義，我們答應過你，只要巴弟需要，我們會隨著你的呼喚出現，並幫助你解決問題，到底發生什麼事，怎麼不見其他幾位兄弟？」

巴弟被問到了傷心處眼中含淚，兩片豬嘴伴著雀斑抖動著，將夥伴被捕經過做了一番描述，當然巴弟不忘強調他的伙伴，如何英勇與邪惡歹徒周旋寧死不屈的志節。

和酷魯切磋過摔角的雲豹幫副幫主浪子阿暴，惺惺相惜目眶含淚：「天啊！有如文天祥、史可法、岳飛般的悲壯。」

「噢！我黑山的兄弟，羅賓漢的表弟，我聞到了蜂蜜味道，不知道能不能先來點……」黑山用熊掌擦著下巴口水，打斷巴弟悲傷的情緒。

「呃，你們等一下。」巴弟爬上樹屋，把能吃的蜂蜜、餅乾、罐頭、燻魚、香腸、臘肉、香蕉、蘋果、地瓜，統統拿下來。

巴弟數了數人頭，怪怪隆地咚，心想一共幾十個怎麼夠吃，要作戰至少也該先招待這些壯士吃頓飽飯，否則豈非太過失禮。

巴弟靈機一動，把泡麵全煮到一個大汽油桶裡，黑熊、山豬、雲豹們第一次嚐到傳說中的方便麵，個個興奮痛快吃了個飽。

巴弟對大家做了一場即興式的演說：「如果沒有諸位綠林俠士出來主持正義，這個森林就會淪為黑暗對不對——」

黑熊、山豬、雲豹一片歡呼，高舉雙拳大聲高呼：「對——」

「如果沒有諸位熱血男兒主持公道，這個森林將會是是非不分，對不對——」

大夥紛紛熱烈回應，呼聲撼動整座森林：「對——」

「讓我們拿出力量，給那些歹徒一些教訓，讓你們的子孫，快樂的在這生活，按內好不好啊——」

「好啊——」大夥們激情得拍手吹口哨。

「有夢最美——希望相隨——如果大家能將歹徒繩之以法，救出幾個兄弟，我軒轅十四在此鄭重宣佈，保證黑熊兄弟天天有蜂蜜吃，也保證山豬兄弟天天有地瓜吃，還有雲豹兄弟天天有方便麵吃，按內好啊不好——」巴弟拉著嗓子高喊。

大夥全都跳起來歡呼，巴弟將頭上那頂小圓帽，戴在黑山老大頭上，使黑山老大多了幾分紳士氣質，黑山老大舉起朗巴萬和獨耳豹及巴弟的手，接受眾人歡呼並將巴弟舉起放在自己肩上，巴弟舉起蕃刀——「出發——」

幾十隻黑熊、山豬、雲豹，浩浩蕩蕩向歹徒山洞挺進，並整齊的排好隊伍踢著正步。

「嘩——嘩——嘩——」有如千軍萬馬，聲勢十分駭人，連在山洞睡覺的歹徒，全都嚇得縮到洞口準備跳崖。

「停——」巴弟橫舉蕃刀，隊伍停了下來，黑龍定神一看，黑鴉鴉的一片，嚇得面色如土，身子抖個不停。

「如果識時務就把我幾個兄弟放了，我們可以不傷害你們，否則惹火了我這些兄弟，只怕你們會連骨頭都不剩。」巴弟坐在黑山背上，揚起蕃刀威風凜凜。

黑龍和阿強對看一眼，心想若是與黑道火拼，縱使敵我武

力相差懸殊，畢竟互有傷亡，故誰也不敢輕舉妄動，尚可藉由談判取得一線生機。

但是眼前面對的卻是一群無知畜牲，簡直沒有任何機會，何況手中人質不過是隻土狗、傻貓、瘦猴，實在不值為了牠們送命。

黑龍冷靜評估後說：「放了你的夥伴，大家井水不犯河水，你可願意？」

「願意！」巴弟說。

「一言既出——」黑龍食指指天。

「駟馬難追——」巴弟食指往天戳去。

「確定？」黑龍再確定一次。

「確定。」巴弟握拳。

黑龍使了一個眼色，二虎拿匕首將繩網割破，酷魯、麗莎、阿勇被放了出來。

「痞子呢？還有一隻鸚鵡，是不是被你們烤來吃了？」巴弟問。

「哈，小兄弟，那隻烏鴉拔掉毛剩沒二兩肉，吃牠我們還嫌麻煩咧。」黑龍揮揮手十分不屑。

「誰是烏鴉？敢對天津四不敬，掌嘴！」痞子突然從洞頂飛下，飛快的給三名歹徒各賞了一記耳光。

麗莎也衝上前在三名歹徒小腿上，狠狠抓出一道傷口。

黑龍、二虎、阿強氣得掏出槍來，見山豬、黑熊及雲豹們，目露兇光皺著鼻子低吼，趕緊把槍收回。

「哎唷——不是駟馬難追，你們反悔……」黑龍話沒講完，

突覺氣血翻騰、逆血攻心，雙眼一黑整個人往後倒去，阿強、二虎也雙腿一軟，口吐白沫面色發黑，顯然三人同時中了蛇毒。

酷魯雙手高舉竹筒發射器，對準三人射去——嘟——嘟——嘟——三人腳抽了兩下，身上多了幾支毒鏢。

「趕快將三人還有先前中毒的那個牢牢綑好，免得再作怪。」巴弟請山雞和烏鴉一邊養傷一邊幫忙看守歹徒。

巴弟為感謝朗巴萬、獨耳豹及黑山老大的兄弟們，就在山洞裡開了一個派對，山雞和烏鴉負責開罐頭，巴弟煮了好幾大桶義大利通心粉，扮著蕃茄牛肉醬，讓大夥痛快吃到飽。

阿勇開著鳳梨、芒果、蘋果、梨子、枇杷各式水果罐頭做什錦水果。

「做什錦水果多沒趣，裡面倒半打高粱酒和一箱汽水做胖取。」痞子把水果通通倒進一個大桶。

「挫賽，什麼胖取？這麼奇怪的名字，喝了會不會中毒？」麗莎舀了一杯飲料嚐著。

「胖取都不懂，老土！胖取就是雞尾酒啦，傻貓沒文化，啊——呵……呵……呵……不夠勁是不是？我再加一打米酒頭進去，汽水再弄兩箱來。」

胖取甜甜的十分好喝，可是後勁特強，喝得山豬、黑熊、雲豹們一個個醉茫茫想抓兔子，大夥圍成一個圓圈跳著豐年祭舞。

山雞和烏鴉帶動唱——呵伊呀——呵伊呀嘿——

大夥合聲跟著唱——呵伊呀——呵伊呀嘿——他們雙手互相交叉握著隔壁手臂，順著時鐘方向遶著，向左三步，向前

一栽向後仰起，合唱愛的真諦。

　　「愛是什麼——」巴弟咧嘴獨唱像殺雞。

　　「愛不是空洞名詞——」大夥大聲合唱。

　　愛是什麼——

　　愛是真心的關懷——

　　愛是什麼——

　　愛是互相的幫助——

　　愛是什麼——

　　愛是一個大擁抱——

　　愛是什麼——

　　愛是無私的付出——

　　愛是什麼——

　　愛是生命的泉源——

　　愛是什麼——

　　愛是生命的元素——

　　愛是什麼——

　　愛是生命共同體——

　　愛是什麼——

　　愛是無限的寬容——

　　愛是什麼——

　　愛是生命的光輝——

　　愛是什麼——

　　愛是不要搞破壞——

　　愛是什麼——

愛是不要亂打架——

　　愛是什麼——

　　愛是不要罵髒話——

　　愛是什麼——

　　愛是永恆的動詞——

　　愛是什麼——

　　愛是讓愛傳下去——」

　　大夥唱歌跳舞醉得東倒西歪，山雞和烏鴉鄭重宣佈，泰雅族若是由他倆之一擔任頭目或村長，從此禁止打獵。

　　黑山要效法周處除三害，不再收保護費魚肉森林，山豬朗巴萬發誓不再搞破壞，阿火老大也發願初一、十五吃早齋。

　　巴弟宣佈這個山洞改為交誼廳，每月月圓日在此舉辦轟趴，小淺塘擴建為遊樂區，範圍擴大到大師父的奇幻洞穴。

　　每月月初訂為趕集日，由黑熊摘來金線蓮及珍貴野生蘭花，山豬送來何首烏，雲豹送來初被發現的台灣松露，統統交由軒轅十四這個經營團隊到山下販賣，並買回大批蜂蜜、地瓜及各種民生物質，交由黑熊、山豬及雲豹領回，大家為這個協定高興乾杯。

　　派對一直玩到天亮，才意猶未盡各自返家。

　　痞子打著哈欠：「應該再買些紅布、綠布、黃布、太陽眼鏡及滑板。」

　　「幹嘛用？」巴弟摀著嘴也打了一個哈欠，看看躺在地上打呼的山雞和烏鴉一眼。

　　「好讓山豬、黑熊跟雲豹每人脖子上圍條圍巾，再戴上

太陽眼鏡，到夢幻谷分組比賽滑草，那才酷吧！啊——呵……呵……呵……哎唷！差點忘了，也要給小青那小王八蛋圍條紅色圍巾，否則一不小心踩到牠，那不是提著燈籠上茅房。」

「什麼意思？」巴弟問。

「什麼意思，找屎啦！啊——呵……呵……呵……」痞子拍著翅膀。

「嘿，天亮了，那四個歹徒再綁緊一點，確定沒問題我們就回去睡覺，中午再找大師父談談，看有什麼好主意。」

智擒黑龍大團圓

「大師父——大師父——大師父在嗎？」巴弟們才靠近大師父的小水塘，就大聲高喊。

「在洞裡打坐啦，天天坐也不怕得痔瘡，啊——呵……呵……呵……」

「別亂說話沒禮貌，大師父——」巴弟在洞口叫了一聲。

大師父的眼皮眨了一下，但是沒有睜開，巴弟們進入洞中，十隻眼睛望著大師父。

靜坐中的大師父心中像有極大痛苦，卻藉由靜坐硬將痛苦壓抑住，有如大石壓草暫時將痛苦降服，但被巴弟們一叫，有如在平靜的心湖丟入一顆石子，那煩惱的漣漪不斷擴大，大師父的心境歷程經微細觀察，仍可以察覺出來。

　　大師父的臉，有如夢幻谷的雲彩一樣，瞬間變了好幾種神態，由安祥變為焦慮、憤怒、惆悵、感傷、沉澱、慢慢平靜。

　　大師父張開眼：「軒轅十四，你們的構想很好，方向也正確，生命意義不是只為生存，是要活得有意義，夢想使人偉大，幻想使人誇大，理想使人壯大。

　　生命如果沒有夢想，就少了感性，完全的理性使生命冷冷冰冰失去熱情，幻想雖然誇大不實，但從碰撞中找出錯誤修正它，幻想就有它可愛的價值。

　　華德迪士尼今日的非凡成就該如何去切割？當初他是懷著什麼樣的理念？是絕對的夢想、幻想、理想或是三者的結合呢？

　　總之！想要完成什麼，就先去具足欠缺的條件，條件具足了，自然就會水到渠成。

　　但是，孩子請千萬記住一點，生命只是一場因緣際會，像天上的雲彩一樣容易起變化。

　　所以，若是你的生命飄來一朵青雲，你就扶搖直上不要得意忘形，若是生命中飄來一朵烏雲，你就沉潛下來不要灰心喪志。

　　只要心中那盞夢想的燭火不滅、熱情不減，不忘最初那念心，哪怕走了一輩子，仍然一事無成回到原點，但那意義絕不相同，因為努力過了所以無憾，這就是生命的價值。」

「大師父,我們連兒童樂園都沒去過,迪士尼樂園更別提了,您說的什麼想,我一個都不清楚,我只希望每個孩子都能快樂不要挨餓,我一定很讓您失望吧?」

「軒轅十四,請你堅持這個信念,並努力把這個愛傳下去,是再多金錢都買不到的,自古偉大的聖賢所教導我們的,就是這純潔的愛,也就是赤子之心吶。」

「大師父,上次我們跟您提到一個日本女子的名字,您好像非常生氣,不知為什麼?您現在還生氣嗎?」

「軒轅,我要感謝你們,幫我破除了最後一個執著,執著只會帶來痛苦,如果那個苦不拔除,那個執著將永遠潛伏心中。

心中有事不去撩撥當然沒事,但一碰觸必然痛苦,伏而不斷不是真解脫,執著的必是刻骨銘心的傷心事,問題是傷心有用嗎?

執著快樂猶情有可原,執著痛苦豈非不智?何止不智簡直愚蠢,而我卻將痛苦在心中埋藏了幾拾年,呵——呵——呵——宗儒啊宗儒,你是個愚蠢的人啊……」

「大……大師父,您就是宗儒?」巴弟驚訝得將口張得大大的。

大師父黯然一笑:「是啊,好陌生的名字啊,快五十年沒用了。」

「您……您不是跳崖死了?」巴弟指著大師父。

「你怎麼知道?」大師父顯得更為吃驚。

「是一位日本老夫人告訴我們的,她就叫藤田恭美子。」

大師父長嘆一聲搖搖頭:「唉……不可能的,她已不在人世,她在一場大火中喪失了生命。」

「不！在大火中她被一位婦人救了出來，倒是她傷心的說，她的愛人被逼跳崖身亡，於是她懷著身孕回到日本，現在她的孩子在日本行醫，而老夫人則將當年的醫院，重建為谷關懷念溫泉大飯店，每年的秋季，她都會來此憑弔她的愛人。」

大師父大吃一驚，猛然站起握住巴弟肩膀：「你……說的是真的？我沒死，我被奇幻洞穴的氣流所救，只有眉毛被樹枝刮傷留下一道疤痕，你說她沒死，她在哪？軒轅！快帶我去，快！」

「唉唷！大師父，您抓得我好痛。」巴弟皺眉。

「對不起！對不起！我太興奮了，你說她在谷關，不知道我還能不能找到那個地方？」

「大師父，我們現在正好要去做生意，不如一起去吧，我相信您的愛人看到您，一定高興極了。」

「我……這樣子會不會嚇著她啊？像個野人一樣吧？」

「大師父，不會的，這樣才性格咧，嘻……現在就走吧。」

「看看有沒有便車可搭吧？啊……運氣真好，是上次讓我們搭便車的叔叔，喂！叔叔！」巴弟們站在路邊揮著手。

卡車載滿大白菜和高麗菜緩緩停下：「統統上車，小朋友把你爺爺扶穩一點，很快就到了。」

下山的路，卡車彎來彎去遶著山路：「到了，到了！謝謝叔叔！祝您一路平安大發財。」

巴弟們一起向卡車司機鞠躬揮手再見。

溫泉飯店的鋼琴聲，仍彈奏著令人心醉的櫻花雨，當大師父與老夫人四目相視。

彈琴的女孩停了下來，紅著臉避開巴弟發直的眼睛。

橫綱從老夫人懷裡跳下，衝到麗莎旁邊。

　　一切似乎都靜止了下來，不知過了多久，老夫人和大師父紅著眼擦著淚。

　　「哇——老的愛老的，小的愛小的，自由亂愛，嘻！」痞子拍著手。

　　「慘……慘了！大門口來了兩個條子，我們沒犯什麼法吧。」巴弟緊張著。

　　「會不會把我們抓回去，我不要回大頭目的家，我們溜吧！糟糕，來不及了。」酷魯鑽到桌子下躲起來。

　　兩名年輕警察來到老夫人面前，向老夫人禮貌的行了一個禮，打量巴弟一眼後，從檔案夾中拿出一疊資料比對著說：「小弟弟，你是不是叫做巴弟，是從太魯閣部落來的？」

　　老夫人微笑問：「警官先生，請問有什麼事嗎？」

　　「老夫人，我們接獲人口失蹤報告半年了，他的父母及阿嬤都在找他。」一名警察態度溫和說。

　　另一名警察名叫武浪按著腦袋：「我們快被他阿嬤盧瘋了。」

　　「才不是，我沒有父母，他們要離婚不要我了，沒關係，我已經長大可以照顧自己了，我和我的夥伴生活得很愉快，你去找別人吧。」

　　巴弟好強的咬緊唇，不爭氣的淚水卻飆了出來。

　　警察拍拍巴弟的肩安慰說：「小弟弟，我們是有很多人要找，好人壞人、大人小孩統統要找的，你看。」

　　警察把檔案夾快速的翻了一遍，證明真的很多工作要做。

　　巴弟眼尖手指著搶他們錢的兩個賣草藥的男子說：「這兩

人是好人還是壞人？」

　　警察武浪說：「這兩個是山老鼠偷盜國有林木，已被抓去關了。」

　　巴弟指著相片中的另一名，臉上有刀疤的男子說：「這個人是好人還是壞人？」

　　「呃，他是政府最頭痛的頭號通緝要犯，他跟他的同黨讓我們傷透了腦筋，這十年來他不斷犯案，我們卻拿他無可奈何。」

　　「我知道他在哪，一共有四個，三個和尚另一個和平常人一樣。」

　　「小朋友你可不要亂講唷，他們可是殺人不眨眼的通緝犯怎麼會是和尚？你看清楚點，是不是這幾個人？」

　　「不會錯的，這個人右臉頰有一道刀疤，不過他現在被我們抓起來關在山洞裡。」

　　「哎唷唷！小朋友你不會亂說吧？如果你說的是真的，今天我武浪可就走運了。」

　　另一名警察像被電電到，講起話來結結巴巴：「小朋友……友……你……你……你……聽清楚，如果真的抓到歹徒，你將有一千萬獎金可領，現……現在你說實話，到底你說的是真的還是……是……是假的？」

　　兩名警察握著巴弟的肩，激動得手都抖了起來。

　　「當然真的騙你幹嘛。」巴弟挖著鼻孔，白了武浪一眼。

　　「哎唷唷！我的小英雄，人現在在哪？你不是逗我們窮開心吧？你現在就帶我們去好不好？」武浪央求著。

　　「不行！我們還沒做完生意怎麼回去？」巴弟看看老夫人。

「軒轅，我可愛的孩子，你放心，這些藥材我全買了，你現在陪警官去說明歹徒關在哪，若是抓到了歹徒，今晚我們在飯店舉行盛大的慶功宴。」老夫人慈祥說。

　　巴弟們坐上警車到山洞，當天各大晚報頭版及電視新聞全是號外——「小英雄軒轅十四智擒惡龍。」

　　幾乎所有媒體記者都到了谷關大飯店，巴弟在老夫人及大師父帶領下走進大廳。

　　大師父及巴弟都變了一個樣，頭髮剪得整整齊齊，穿著白襯衫、紅色蝴蝶結、米白色西裝及一雙擦得啵亮的黑皮鞋。

　　巴弟靦腆笑起，佈滿雀斑的臉，有股善良堅毅氣質，黑亮頭髮及古銅色皮膚，更襯出他機智及勇敢魅力，最令巴弟高興的，是他的父母曾為了他的出走互相指責，現在兩人恩愛和好了。

　　鎂光燈不停閃爍，政府首長相繼上台頒獎致詞，並與巴弟合照，巴弟的父母及阿嬤也出現在會場。

　　泰雅族大頭目不知哪裡弄來一對代表最高榮譽的虎牙，掛在巴弟胸前，誇讚巴弟是泰雅之虎、原民之光，大頭目一再用泰雅語朗誦巴弟的名，像讚美天上偉大的祖靈，在場的每一位泰雅父老，像是和大頭目先彩排過，大頭目致詞一唸到巴弟，大家動作一致仰望天花板高呼阿們。

　　巴弟學業耽誤了半學期，校長拍胸說巴弟這半學期經歷珍貴，憑巴弟展現的智勇及野外求生的知識技巧，就連大人都不如他。言下之意似說，曠了半學期課算什麼，相反的他認為讓巴弟直升大學都不為過。

　　校長說到激昂處，巴弟被感動得雞皮疙瘩都豎立起來，校

長最後握拳要全校師生，學習巴弟勇於追尋夢想的勇氣與決心，培養堅忍不拔的毅力與智慧，並不忘感謝這都是在場政府首長們潛移默化、向下紮根的成果最有力証據。

校長說到此，在場政府首長鼻孔像是同時安裝了微型天線，不約而同往天花板的頻道仰，這讓校長更慷慨激昂，巴弟好幾次得低頭假裝咳嗽，抹去校長迎面噴來的飛沫。

巴弟將他的獎金全數交給父母，為他成立一個關懷動物基金會，谷關鄉公所將巴弟所築樹屋及水塘樂園，開放為觀摩教學園區，並成立了谷關森林遊樂區。

酷魯被老夫人聘為榮譽保全，痞子是公關少爺，麗莎準備嫁給橫綱，阿勇被一群猴子粉絲迎去當猴王，大師父和老夫人團圓，從此將過著幸福快樂日子。

軒轅十四和夥伴冒險患難故事，很快傳遍每個部落、小學及中學，他們傳頌著勇敢的軒轅十四、南河三、天津四、天貓星及天狼星同甘共苦、逆境奮鬥的英勇事蹟。

因為軒轅十四啟發了同學在未來的人生路口，以無限的熱情與勇氣，對抗挫折與打擊，在百般無助中，堅定信念努力突圍，以冷靜理智衝破每道關卡，磨練自己趕快長大，盡能力幫助弱小，與夥伴相互包容、信任，分享希望與愛，並教導了同學最重要的快樂與幽默及永不放棄夢想與決心。

各動物保護協會及基金會紛紛成立，誠如軒轅十四說的：「愛是動詞不是名詞，人生有了夢想，無論環境再惡劣都阻止不了我們力爭上游、追求成功的決心。」

全書完

後記

十年前，小妹生病住進台大醫院，我每次探病都會瀏覽一下公告欄，無意中看到「不倒翁打字團隊」，經過了解此為台大醫院精神部治療師，為治療中的孩子（大多是大學生），一則學習一項電腦文書處理技能，一則讓孩子不胡思亂想鑽牛角尖而設，打字價錢按市面行情。

我心疼這些孩子，於是將所有小說手稿交給治療師，再由治療師按孩子病情輕重，分配給每位學員一小部分打字，最後由學員分別報告，他那一小部分小說內容，就像連續劇般，小組每周導讀，每周都知道些新的發展，使學員不再冷默，漸漸願意接受彼此，並互相私下交換劇情先聞為快，治療師說，這有助孩子融入社會，走進人群。

時過多年，我令他們一再失望，一年蹉跎一年，學員也來來去去換了幾批，我曾答應他們，出書時一定要讓她們將心裡的話登出與大家分享，表達我對他們的感激，以下原文照登！

- 請不要以異樣眼光看我，我只是病了，我會好的，而且誰也不想生病。小惠
- 我討厭這個叫神經病的病名，尤其最痛恨為甚麼是我？我恨自己恨了好多年，現在比較能接受了，只要按時服藥就比較少發病，我愛我的父母，他們沒有放棄我，等我有能力時，一定報答他們的恩情。 坦克
- 今年過年我可以用打字稿費包紅包給我父母，他們一定會很高興，我會賺錢了。 阿傑
- 作者好會想，他寫的好好笑，我們都一直笑，他是不是我們學長？如果發病還是要看醫生，千萬不能拖，還是別想太多比較好！ 小螃蟹
- 按時服藥外，OT老師的陪伴也是主要的關鍵，每個OT老師都代表一個顏色，多年之後，讓我擁有五彩繽紛的世界，我從不間斷和OT聯繫，因為OT也是我健康的良藥之一！ Show

- 這本書的風格幽默、溫馨，還帶著左先生人生領悟的道理，是左先生一貫的風格。他是一位很堅持理念的作家，不會為了潮流而寫一些大眾化、流行正夯的題材。他很喜歡台灣的地方人文等，喜歡介紹台灣地方的好，希望可以帶給大家正向陽光的力量。　慢飛

- 其實一直支持著我向上動力的人，是我父母，每當挫折或不開心的時候，他們總是我的避風港，並想法幫我解決，也會陪伴我、給我力量，幫我打氣！因我是獨生女，所以父母把我捧在掌心疼，也成了我唯一的依靠。但隨著年齡增長，也是我該學習獨立的時候了，以後如父母不在身邊，我也要一個人勇敢的走下去。　小薇

- 媽媽現在老了，我是她的記憶體，現在我長大了，我想當她的快樂製造機，媽媽我好愛你。　小婷婷

- 打完了稿件，終於可放鬆休息一下了，從此文章可猜出作者應該是一個愛幻想喜歡天馬行空的人吧，聽說作者從以前就跟不倒翁團體合作過，現在肯跟精神病患者合作的人已經很少了也，不知作者當初是因為何種原因下想跟我們合作的，由此可知作者應該是位很有愛心的人，很高興能和您合作，希望還有下次合作的時間，在此祝福作者此作能夠大賣特賣，謝謝。　小量量

最後我要特別感謝這些OT老師（治療師），孩子發病大鬧情緒，傷害自己甚至傷害別人，甚麼危險事都有可能做出，治療師只是大姊姊的年紀，卻要忍受一切，像媽媽一樣將委曲的眼淚往肚裡吞，但誰來當他們的大姊姊呢？這是條修煉的路，要靠堅強的信念，艱辛孤獨卻成就較快，我相信一定有人陪著妳們，不讓妳們感到孤寂。

左雲

軒轅十四歷險記

創意繪畫甄選

1. 本出版社為啟發青少年對美學之創作，特舉辦插圖著色（本書各角色）及自由創作（與本書內容有關）鼓勵同學以大膽狂野用色，挑戰並顛覆傳統色彩之刻板印象，發揮創意與自信，使未來人生處處充滿驚奇與歡喜。

2. 參加徵選作品，不限國籍，只要具學生身分皆歡迎參加，作品一經入選得刊登本書，無論在海峽兩岸或新、馬地區。皆能得到世界人士關注，實為莫大榮耀。

3. 為鼓勵參選者，作品一經入選，皆能得到本出版社之榮譽獎狀。

4. 凡參加甄選作品，一律以A4紙張大小作畫，顏料不限，水彩、油畫、粉蠟筆、彩色筆皆可。

5. 甄選時間自即日起至103年12月31日截止，每月甄選一次，來稿請註明學校、班級、姓名、連絡電話。

6. 投稿無論是否入選恕不退稿件。

7. 投稿地址：台北市中正區重慶南路1段121號8樓14博客思出版社

8. E-mail：books5w@yahoo.com.tw

國家圖書館出版品預行編目資料

軒轅十四歷險記 / 左雲 著 --初版--
臺北市：博客思出版事業網：2014.8
ISBN：978-986-5789-30-5（平裝）

857.7   103013750

青少年叢書 1

軒轅十四歷險記

作　　　者：左雲
美　　　編：諶家玲
封面設計：諶家玲
執行編輯：張加君
出　版　者：博客思出版事業網
發　　　行：博客思出版事業網
地　　　址：台北市中正區重慶南路1段121號8樓14
電　　　話：(02)2331-1675或(02)2331-1691
傳　　　真：(02)2382-6225
E－M A I L：books5w@gmail.com
網 路 書 店：http://bookstv.com.tw/
　　　　　　http://store.pchome.com.tw/yesbooks/
　　　　　　博客來網路書店、博客思網路書店、華文網路書店、三民書局
總 經 銷：成信文化事業股份有限公司
劃撥戶名：蘭臺出版社 帳號：18995335
香港代理：香港聯合零售有限公司
地　　　址：香港新界大蒲汀麗路36號中華商務印刷大樓
　　　　　　C&C Building, 36,Ting, Lai, Road, Tai,Po, New,Territories
電　　　話：(852)2150-2100　　傳真：(852)2356-0735
總 經 銷：廈門外圖集團有限公司
地　　　址：廈門市湖裡區悅華路8號4樓
電　　　話：86-592-2230177
傳　　　真：86-592-5365089
出版日期：2014年8月 初版
定　　　價：新臺幣 280元整（平裝）
ISBN：978-986-5789-30-5